KB206410

# 파이게임
## PIE GAME

게임 3부작

3

배진수 만화

일러두기 만화적 표현을 재미있게 살리기 위해 저자가 일부러 틀리게 사용한 맞춤법 및 띄어쓰기가있습니다.

# PIE GAME 3

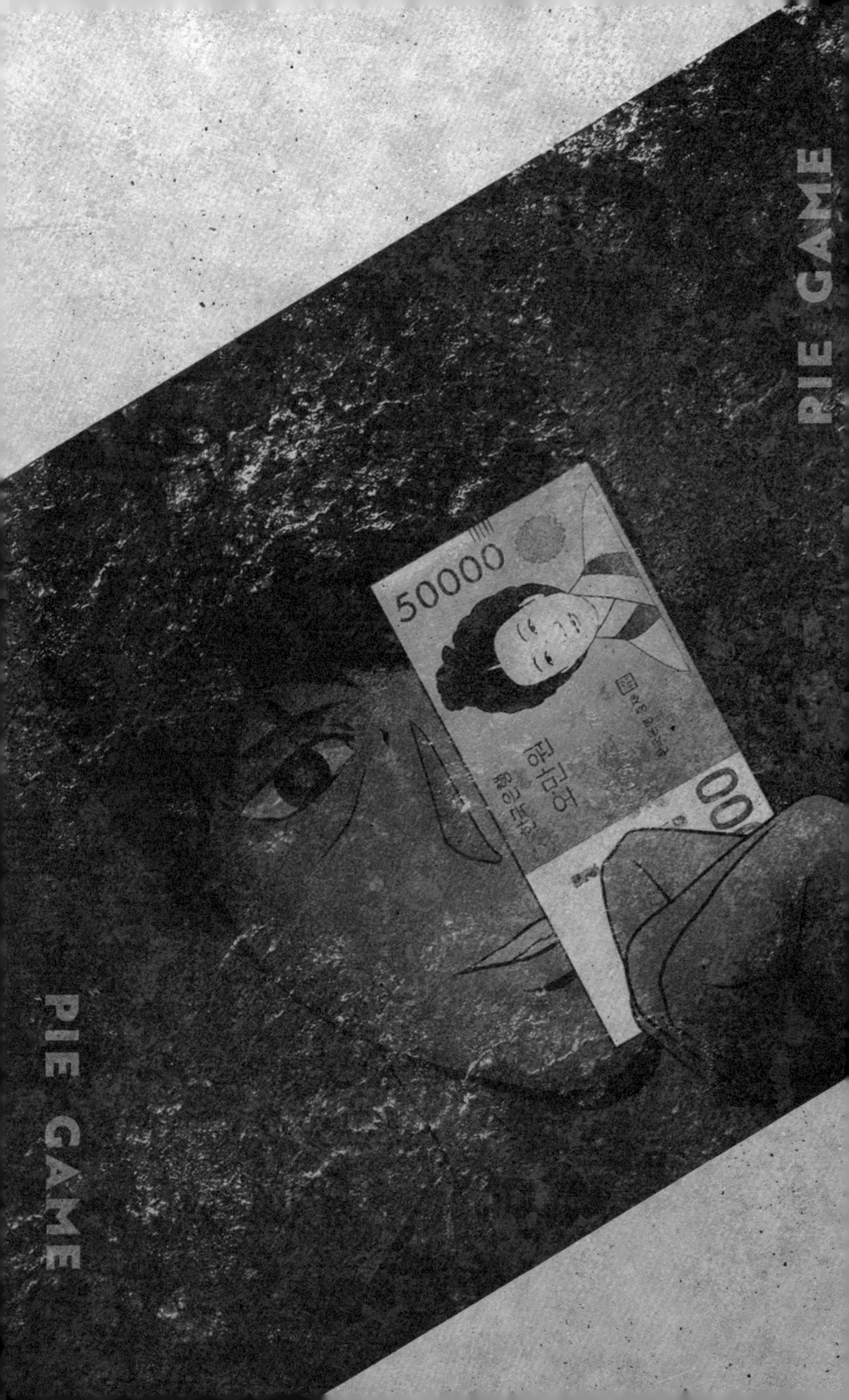
PIE GAME
50000
PIE GAME

# 파이게임
## PIE GAME

## #31

"오래 공들여 치밀하게 계획된"

먼저 방으로
돌아가시는 두 분께.

코인 하나씩을
지급해 드리겠습니다.

그러니 부디, 현명한 판단
내리시길 바랍니다.

쉼 없이 맞고 깨지고 부수어져 모래알처럼 산산이 조각난 우리지만

비록 당장은
그런 형상이라 해도

어떤 계기로 다시 단단히 뭉칠 수만 있다면
바위 같은 파괴력을 되찾을 수 있다고 생각한다.

그리고 그 계기가 되어준 건

코인 분배의 생략, 즉 식사와 음용의 배제는
생존을 위한 노력이 반드시 생존으로 이어지지 않음을
확인하게 한 절망에서 발화한 분노였기에

7

이 분노는
쉽게 진화되지 않을 것이라, 믿었다.

그러나 이 긴급한 장면에서도
냉철을 잃지 않은 6층은
참으로 냉정하게도

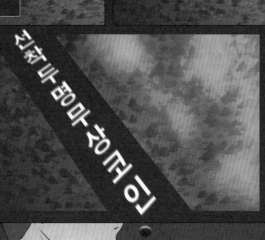

신처마명마상며인

우리 전체를 무너뜨리는 데
우리 전체를 매수할 필요는 없다는
똑똑한 판단을 내렸다.

늘 지거나 잃거나 밟힐 뿐이었던, 단 한번의 승리 경험도 없는 우리였기에
한 번, 이 단 한 번의 승리의 경험은

재결합으로 가는 터닝 포인트가 되어줄 것이다.
무저갱의 한줄기 빛이 되어줄 것이다.
그리고 이 강렬한 빛줄기는

저들 위층에겐, 차마 똑바로 마주하지
못할 만큼 강력한 경고의 메시지가……

여러분의 고심이
깊어지는 것 같으니

제안을 조금
변경하도록 하죠

지급 코인, 세개로
늘리겠습니다.

단, 방으로 가장 먼저
돌아가시는 '한 분'만이
가져가실 수 있습니다.

일순 공기가 바뀐 게
느껴졌다.

같은 질량과 속도로
타격하더라도 닿는 면적이
좁을수록 충격량은 더 커지기에

이건, 이 무기스왑은,
견뎌내기 버거운 충격.

1분 드리도록 하죠.

지금부터 정확히, 1분이 경과하면.

물리력을 동원할 수밖에 없다는 것, 여러분들도 잘 아실 겁니다.

주어진 시간은 1분이었지만

A FEW SECONDS LATER

채 10초도 걸리지 않았다.

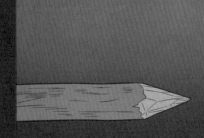

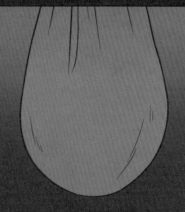

찢어져 흩어져
모래알갱이로 돌아가는데는,
채 10초도.

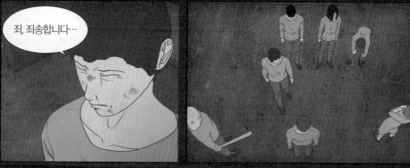

죄, 죄송합니다…

이토록 허무하게. 우리는.

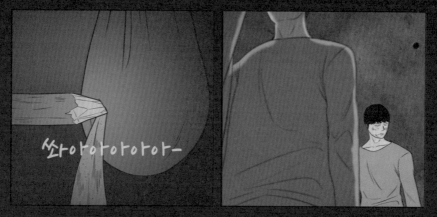

쏴아아아아아−

우리 아래층들은 또다시.

또다시.

또다시.

또, 다시.

실패의 경험을 적립했다.

3F

161,250,000

사실을 말하자면, 그런 생각을 한 적도 있다.

50000

이 지독한 게임을 끝내는 방법이
누군가 하나 죽어야 하는 방법뿐이라면

그래선 안 되지만,
'사고'를 바란 적 있다.
그것이 쇼크든 쇠약이든
기아든 뭐든.

크, 큰일 났어요.

숨을 안 쉬어요!!

그 목숨이 곧 우리의 해방이 될 테니.

하지만 이 못되처먹은 생각조차도
'희망'의 투영이었던 걸 이제는 안다.

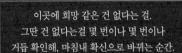

이곳에 희망 같은 건 없다는 걸.
그딴 건 없다는걸 몇 번이나 몇 번이나
거듭 확인해, 마침내 확신으로 바뀌는 순간.

……싶어……

죽었으면 좋겠다에서.

죽고… 싶어……

…로, 염원이 바뀐다는 걸, 안다.

와…이런 데서도
사람 사나?

그러게요. 사는 게 아니라
못 죽는 것처럼 보이긴 하지만.

희망도, 미련도, 의지도, 회한도, 아무것도.
남아 있지 않다.

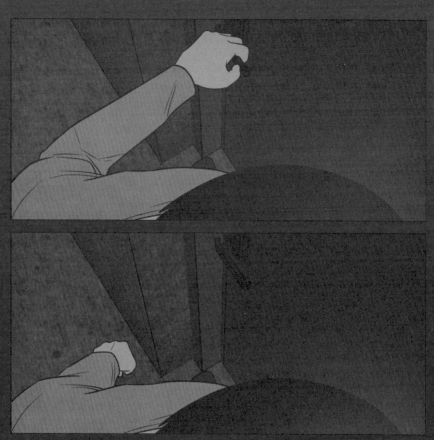

그들이 의도한 그대로 마침내 껍데기만 남은 몸뚱아리는
온전한 한명의 '인간'으로서가 아니라

위층의 돈벌이에 사용될 도구 정도로
남은 생을 소진하게 될 것이라는
이 예감은 틀리지 않을 것이다.

게임시작 @$?!!# 일째.

현재금액 *%@?&$^!*&% 원.

잔여시간 *$@!#^ 시간.

오늘 하실 게임은

%@^$#@% 입니다.

@$#>? 하고 ^&#$*! 한 후 %*#$* 하시는 분이 우승입니다.

생각이 멈추자.
마음이 편해졌다.

%>!:%*## 공격 성공!
3층 님 3 데미지!

과거의 언행을 반추하거나 현재의 선택을 판단하거나
미래의 상황을 예측하는 게 생각의 기능.

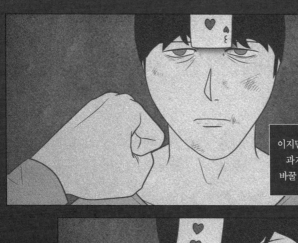

이지만 에너지를 소모해 가동해봤자
과거도 현재도 미래도 아무것도
바꿀 수 없단 최종 판단이 내려지자

뇌는 자원의 효율적 분배를 위해
입체적 사고 기능을 OFF 해 버렸다.

그러니까, 그래서, 편해졌다.
생각을 멈추니 불안도 공포도 헤아려지지 않아서.

사람이 왜 두려움을
느끼는지 알아?

상상력이
있기 때문이래.

이런 매일이 한참 더 반복됐던 것 같다.
하지만 잘 기억나진 않는다.

떠올려봤자 화끈하거나 짜릿하거나 끈적한.
기분 나쁜 것들만 우글댈 뿐이라.
굳이 해마에 저장하지 않는다.

쿨럭! 쿨럭쿨럭!

쿨럭쿨럭케웩!

그저, 그게 나든 남이든 누구든 좋으니.
어서 한 명 죽어, 이 죽지도 살지도 못하는
림보에서 탈출하고 싶다는

작은.
바람만이.

하지만 '그날'은, 아니, '이날'인가? 좀 특별한 날이었다.

어쩌도 난
꿈틀 게임을 하고
배트 스윙을 맞고
배틀 코인을 받고
오늘도 난
힘든 게임을 하고
정든 스윙스를 맞고
무튼 코인을 받go

일과를 끝냈지만 시간은 별로, 아니 거의, 늘지 않았다.

7시간이군요

며칠 전부터 낌새가 보이긴 했다.
그 낌새가 오늘 현실화된 거고.

할당량이 채워지지
않았으니 바로 다음 게임을
시작하도록 하겠습니다.

평소라면 저런 부당대우에
미칠 듯 분노를 넘어 지X발광을
발사했겠지만.

나처럼 우리도, 이미 꿈도 희망도
X도 아무것도 헤아리지 못하는
동태눈깔 같은 눈깔이 된 상태기에.

응…

어…

어…

네……

다시 한번. 뭐 어떤
개 같은 게임을 했으나.

……

상황은 X도 나아지지 않았다.

그럼 어쩔 수 없이
또 다른 게임을…

이쯤 되니 드는 생각은 단 하나. 마침내 끝이 보이는구나.
여기서 한겜 더 뛰면 이얏호 파이날리 뒈질 수 있겠구나.
였지만.

하고 싶지만, 건강
관리를 위해 오늘은 여기서
끝내도록 하죠

놀랍게도 6층은
휴식을 허락했다.

그리고 진짜 놀라운 일은
지금부터.

으......
으끼으응...

으기긱...
허리야......

바스락-

응?

뒤척이다, 바지 주머니에서
날 리 없는 종이 질감의 효과음이 들려

뭐······

확인 결과.

어느새 들어와 있었다.
마술하는 1층이 마법을 부려
어느샌가 소매넣기한 쪽지 한 장이.

오래 공들여 치밀하게 계획된
깊이 고심해 빈틈없이 기획된

마침내 위층을 제압하고 전복시킬
혁명 작전을 상술한 지령서가

오래 죽어 있던 나를
마침내 깨어나게 했다.

# 파이게임
## PIE GAME

### #32

"규합 & 급습"

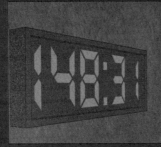

오늘은 여기까지
하도록 하죠.

들었지? 돌아가!
빨리빨리!!

머, 먼저
지나갈게요

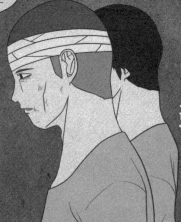

툭-

죄송해요,
먼저 갈게요……

투욱-

그때였다. 걍.
왜 저러지? 화장실이 급한가?
정도로만 생각했던. 그.

그 찰나의 순간,
마술사의 마법 같은 손놀림으로
소매넣기를 해낸 것이다.

잠깐,
그렇다는 건…

그 유려한 손놀림보다 더 놀라운 건
이 쪽지의 출처. 1층은 이 종이를
본인 방 쓰레기에서 구해온 게 아니다.

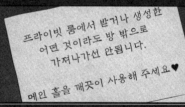

프라이빗 룸에서 받거나 생성한
어떤 것이라도 방 밖으로
가져나가선 안됩니다.

메인 홀을 깨끗이 사용해 주세요♥

니까.
그랬다면 시간이 반으로 줄어들었을 테니까.

이 패널티 이벤트를 회피하기 위해선
5층이 들고다니는 배트나

6층의 최애템 전기충격기나

더욱 엄밀히 따져,
7층의 사제옷, 1층의 붕대, 그리고 코인처럼

30

이 추리가 맞다면, 그는 인신이 구속되기 훨씬 전부터 대비하고 있었다는 말이 된다.
아래 층끼리 긴밀하게 연락을 취해야 할 사태가 생길 수도 있단 걸,
그는 알고 또 준비하고 있었던 거다.

생각보다 훨씬 똑똑한 사람이었다.
어쩌면 6층보다도 더. 그러니 어쩌면,

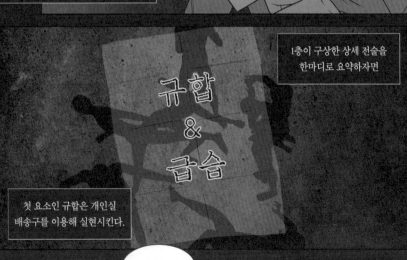

이 쿠데타.
성공할 수도 있겠다는 생각이 들었다.

1층이 구상한 상세한 전술을
한마디로 요약하자면

규합
&
급습

첫 요소인 규합은 개인실
배송구를 이용해 실현시킨다.

난 이걸로 겨우

172,120,000

쪽지 한 장 내려보낼
생각만 했었는데……

쪽지 한 장 내려보내기엔 너무 거대한 사이즈.
하지만 사람 한 명 타기엔 매우 안락한 사이즈.

3F

내려갑니다.

이 배송구를 엘리베이터 삼아
아래층 전원 1층 룸에 집결한다.
는 게 첫 번째 핵심 전략.

위이이이잉-

하지만 위층도 바보가 아니기에,

←특히바보아님

뜬금없이 배송구 작동음이 들리면,
심지어 세 번씩이나 들리면
경계태세로 돌입할 게 분명하다.

위이이이잉-

호오, 뭔가 불손한
움직임이 감지되는군요.
한 바퀴 돌아볼까요?

위이이이이이이이이이이잉-

33

1층이 제시한 본 난관의 해결책은 바로.

위층이 운영중인
'식당' 시스템을 역으로
이용하면 돼요.

5F
오식당

식당이 5층에 있는 게 진짜 천운
이에요. 다른 층에 있었다면 이 계획은
시, 시도조차 못했을 테니까요.

꾸준히 진동을 감청한 바
식음료는 보통 오전 9시에서 10시 사이
총 세 번의 배송을 거쳐 5층으로 전달되는데

〈 도시락과 물 이동 〉

| HOST | 7F | 6F | 5F |

〈 도시락과 물 이동 〉

| HOST | 7F | 6F | 5F |
| 4F | 3F | 2F | 1F |

〈 사람 이동 〉

이 세 번의 이동 타이밍에 맞춰 아래층들도 한 층씩 아래로 이동한다는 계획.

그래…이러면 배송구
동작음을 숨길 수 있어……

이 이동전술이 성공하면
5층에 물과 도시락이 모일 때
1층엔 아래층 사람들이 집결한다.

집결에만 성공하면, 고지는 절반 이상 넘어온 거예요

남은 부분은 더 가, 간단하니까요

[명사]
1층에 아래층 4인이 모이면
[인칭대명사]
1층이 위층 3인을 호출한다.

흠흠—

살……

살려주세요!!
배가 너무 아파요!!!

콰— 콰—

콰—

콰—

으아아 배! 죽어!!
사람 죽어옷!!!!

위층은 후다닥 내려올 것이다. 물론 1층이 매우 소듕해서가 아니다.
재수 없게 죽기라도 하면 게임이 끝나버리니.

가장 먼저 방으로 들어오는 사람은, 늘 그렇듯.

머, 머선일이고?!

여기서 두 번째 천운이 작용해요. 집결지로 쓰이는 최하층이 제 방이란 게 바로 그거죠.

부상으로, 내상으로, 탈진으로, 아무리 약해졌다 하더라도

2F

만약 2층 님이 저들을 호출했다면.

2F

고으으으으으으으으—

쓰으으—

끌떡—

끌칵—

저들은 1도 방심
하지 않겠죠.

하지만 다행히.
저네요.

최약체인 저의 단독 호출이라
생각하기에, 위층은 무방비하게
방으로 들어서겠죠

그렇게. 순진하게. 근데가
1층 개인실로 들어서는 순간

어.

5층만 제압하면 전력의 대부분은 무력화된다.
하물며, 맨손 4:1도 매우 할 만할 터인데
심지어, 1층은 무기까지 준비해 두었다고 한다.

대박……

진짜…
진짜로……

작전의 첫 번째 핵심인 규합. 두 번째 핵심인 급습.

대박이잖아
이건……

그는 이 두 가지 모두
'천운이 작용했다'라며
겸손히 말했지만.

아니 그냥 이건!

아니 그냥 시X
개똑똑한 거잖아!!!

전술을 정독하기 전엔
'이 작전. 성공할지도 몰라.'
정도의 감상이었으나

적당한 때가 오면
사인을 드릴 테니

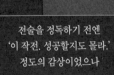

읽은 후 완전히
바뀌었다.

부디 그때까지.

조금만 더
버텨요 우리.

'이 작전은 무조건 성공한다.'로.

게임 시작 60일째.

빨리 서!
시간 벌어야지!!

빨리빨리!

사람을 살아가게 하는 건 조금의 희망이다. 사실 그 정도다.

어제보다 조금이라도 나은 오늘
오늘보다 조금이라도 나은 내일
…을 기대할 수 있는것만으로도
사람은 삶의 동력을 얻는다.

하물며 그 희망이, 다가오는 내일이,
간절히 바라던 그 무엇이라면

삶의 의지는
그 어느 때보다 충만해진다.

어제와 비슷한 게임을 하고,
어제와 비슷한 폭력을 당하고,
어제와 비슷한 부조리가 행해졌지만

어제와는 전혀 달랐다.
단 한 번의 사인이면,
내일이 달라질 테니.

1층의 GO 사인 한 번이면
뒤바뀔 것이다. 천지가. 세상이.
그러니, 그때까지만 버티면…

.....

한 가지 마음에 걸리는 건, 천운으로 완성된 이 계획에
타이밍 좋게 액운이 끼지 않을까 하는 불안.

............

예를 들어, 지금까지의 방식으론
더이상 시간이 늘어나지 않는단 걸
확신한 6층이

역시, 이딴 시시한
게임으론 더는 시간
추가가 안 되는군요.

장난은 여기까지 하고,
오늘 제대로 한 명 씁시다.

그러니까 뭐 이런 결정을, 그러니까 하필, 오늘, 마침 지금,
해버리면 어쩌지? 라는 불안이……

어제와 마찬가지로, 두 번의 게임 후에도
별다른 소득이 없자 6층은 해산 지시를 내렸고,
모두 방으로 돌아가려는 그 순간.

죄, 죄송한데요……

배가 아파서
그런데, 혹시 약 좀
사주실 수 있나요…

사인이. 떨어졌다.

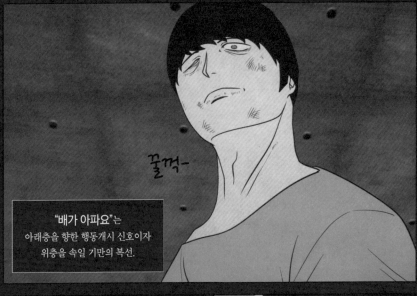

꿀꺽-

"배가 아파요"는
아래층을 향한 행동개시 신호이자
위층을 속일 기만의 복선.

…알겠습니다.

두근- 게임시작 61일째. 아침.

두근- 두근-
두근-

몸이 떨린다. 긴장과 두려움으로.
또 기대와 흥분으로.

당장이라도 심장이 터져 나갈 것 같지만,
진짜로 터져 나가지만 않는다면
해야 한다. 물러설 곳은 없다.

이 지경까지 몰린 이상
이 순간까지 온 이상
남은 선택지는 아무것도 없……

끼이이이이―

!

삐익―

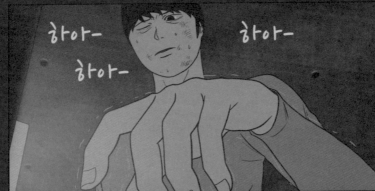

하아―
하아―
하아―

끼이이이이잉―

마침내.
이날이 왔다.

깊고 길었던 밤이 끝을 고하고,
마침내 혁명의 여명이 밝아왔다.

# 파이게임
## PIE GAME

### #33

"2층의 승부수"

위
이
이
이
이
잉
ㅣ

철컹─

고요하다. 그리고 어둡다. 하지만 어느 것 하나 불길하진 않다.

2F

이 고요함은 2층이 무사히
1층에 도착했다는 증거이며

이 어둠은 또한
약속된 여명의 전조이니.

같은 타이밍, 같은 방법으로
한층을 더 내려가, 마침내
목적지인 1층으로.

그리고 잠시 후 마지막 멤버가 무사히 합류해

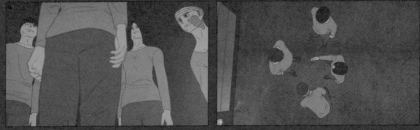

우리, 아래층 4인은 마침내 하나를 이뤄냈다.

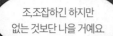

조,조잡하긴 하지만
없는 것보단 나을 거예요

아뇨, 이건… 역시
1층 님은 대단하세요

맞아. 이 정도면 훌륭해.
언제 이런 걸 준비한 거야?

준비된 무기는 2층의 장기자랑 때 썼던 송판의 깨진 파편.
혁명의 낫과 망치까지는 아니더라도 기습의 도우미로는 차고 넘치는 아이템.

혹시 몰라서 조금씩
빼돌려 놨어요

쓰이는 일이 없길…
바라긴 해, 했지만요

목숨을 건 투쟁을
재미나 흥미로 하는 사람은 없다.
피하고 싶은 일이다.
실행하기 두려운 일이다.

하지만 피와 폭력을 동원하지 않으면
결코 바뀌지 않는 것도 있기에.

그럼……

살기 위해 삶을 걸어야 할 때도 분명히 있다.

시작할게요…

쾅쾅쾅-

살려주세요!!!!

쾅쾅쾅쾅쾅-

살려주세요!

배가! 배가 너무
아파요!!!!

**쾅쾅쾅쾅-**

꿀꺽-

이내 들린다. 발소리'들'이.
그'들'이 내려오는 소리가.

계획대로 흘러가고 있다.
문이 열리고, 5층을 필두로 한 3인이
방-트랩 안으로 들어서는 순간

제압한다. 반응할 틈도 주지 않고
단호하게, 일사분란하게.

**으아악! 배!
사람 죽어!!!**

**콰아아악-**

차곡차곡 켜켜이 쌓인 울분은
피의 일격을 가하는 데 아무런
주저함이 없도록 도와줄 것이다.

끼이이익_

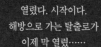
열렸다. 시작이다.
해방으로 가는 탈출로가
이제 막 열렸……

데구르르_

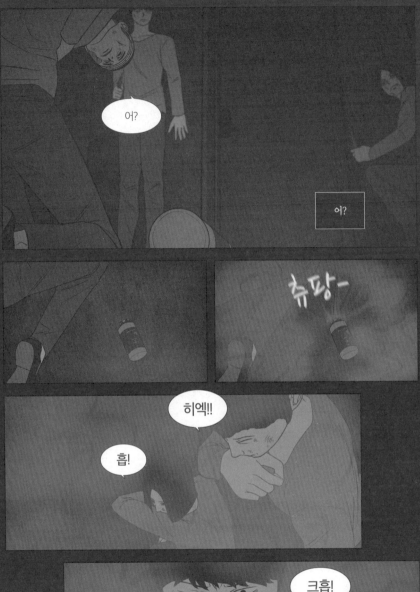

동료의 배신인지 작전의 유출인지 정해진 메뉴얼인지

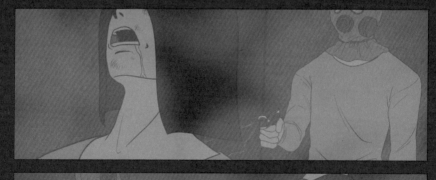

그런건 이제. 모르겠다.
그딴 건 이제. 생각하고 싶지도 않다.

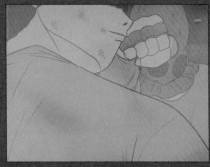

하나 확실히 아는 건. 최후의 승부수가 실패로 끝났다는 것이고.

126,321,000

우리에게 다시는
기회가 오지 않으리란 사실이다.

필적을 대조해 쿠데타의 기안자를
손쉽게 색출해 냈고

그리하여 그는 파티 후 디저트를 따로 받는 특별대우를 받았다.

신나는 매타작과 반란 실패 잼을 양분으로 삼아
양껏 시간이 차오른 걸 확인하자

나도 모르게
웃음이 새어나왔다.

실소가 나올 정도로 처지가 서글퍼서?
찍힌 1층을 보니 상대적으로 안심이 돼서?
시간이 늦었으니 오늘은 게임을 안할 것 같아서?
지긋지긋했던 희망고문이 사라진 게 후련해서?

모두 조금씩 지분이 있겠지만
가장 정답에 가까운 건. 그냥, 더이상,
제정신으로 버티는 게 불가능하기 때문이겠지.

여러분은 어째서.

제 말을 듣지 않는 겁니까.

7F

힘들고 지친 건 이해합니다. 당연히 그럴 겁니다. 하지만.

885,150,000

견뎌내 상금이 쌓이면 결국 모두에게 이익이 돌아간다는 제 말, 이해하지 못한 겁니까?

1F

126,450,000

상금 적립률이 가장 낮은 1층 님 조차 두 달 만에 1억이 넘는 돈을 벌었습니다.

세상 어디에도, 아무런 기초 자본 없이 이 정도 돈 벌 수 있는 곳은 없단 거, 아시잖습니까.

잔뜩 맞아 머리가 멍해져서 그런지 아님 걍 다 포기해 버려서 그런지 6층의 궤변이 어쩐지 납득이 갔다.

그래… 그게
당연하지……

밖이나 여기나 다를 거 있나.
애초에 이 게임 자체가 사회구조를 모방해
살짝 매운맛으로 시즈닝한 것뿐인데.

하청 노동자
사망비율 원청의 16배

회장님이 솔선수범 험한 일 하시다
아차 사고로 돌아가셨단 기사 본 적 있나.

건설업 안전사고.
한해 500명 죽고
2만명 다친다.

못봤다. 나는.
항상 죽어 나가는 건 일선 노가다나 하청 노동자나
우리 아래층들 뿐인 건, 너무 당연한 거지.

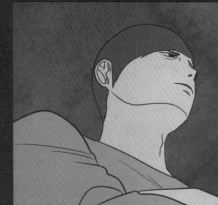

다시 한번 말씀드리겠습니다.
저를 믿고 따라와 주십시오.
언젠가 분명, 여러분 모두 만족할…

좋은 말씀 더 듣기 전에,
하나 물어볼 게 있는데……

여기서 널 패죽이고
게임을 끝낼까 하는데…
어떻게 생각해?

질문의 요지를 모르
겠군요. 불가능하단 거
잘 아시잖습니까.

아니, 지금 실패해도, 사지만
멀쩡하면 또 시도할 거라서……

네 모가지 딸 때까지, 틈만 나면,
성공할 때까지, 계속 시도할 건데.

어떻게 생각해?

뭐지? 저 급발진은.
드디어 미쳤나? 2층도 나처럼 마침내 미쳐버린 건가?

며칠 전부터…
의심이 들더라고

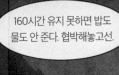
160시간 유지 못하면 밥도
물도 안 준다. 협박해놓고선.

할당량을 채우지 못한
우리에게 휴식을 줬지.

오늘은 여기까지
하겠습니다.

그게 한 번이면 노예 컨디션 관리
하는구나...쯤으로 여겼겠지만

넌 다음 날에도
같은 결정을 내렸지.

오늘도 여기까지
하겠습니다.

그리고 결정적으로, 오늘.

섬뜩했지? 우리 작전이 성공했으면 넌 진짜 큰일 날 뻔했으니까.

그런데도 넌······ 그래 너는······ 왜 그러지 않았지?

이쯤 위협을 느꼈으면 팔다리 하나쯤 썰어놔야 하는 거 아닌가?

게임만으로 돈이 안 쌓인단 걸 알았을 때 진작 그렇게 했으면,

아니 그 후에라도, 반란의 대가로 그런 벌을 내렸으면

돈도 벌고 미래의 위협도 막고, 일석이조 아니었을까?

EXCEEEELENT!

왜 그러지 않았지? 왜 또, '겨우' 매타작이나 '고작' 전기충격 정도로 끝낸 거지?

여긴 의료시설이 없으니까요. 그러다 과다 출혈로 죽어버리면, 게임이 끝나버……

아니지, 진짜 이유는 그게 아니야.

넌 돈에 미친 개X 같은 새X인 건 틀림없지만, 그래도 '한계가 있는 인간'이라서 그래.

진짜 사이코패스, 인두겁을 쓴 짐승만이 넘을 수 있는 그 선을, 넌 넘지 못하는 거야.

변명하지 마! 당장 안 자르면 오늘밤
카메라 막아서 게임 끝내버릴 거니까!

싫으면 당장 잘라서 내 말
틀렸단 거 증명해보라고!!!

2층은 승부수를 띄웠다. 게임을 끝내기 위해, 사활을 걸었다.

하지만… 과연 먹힐까? 저 설득과 협박이.
2층의 기세에 눌린 6층이 느닷없이
"들켰네. 나 사실 그렇게까진 못함 벌벌."
자백하며 게임을 포기하리라 생각하는 건가?

더 들어줄
가치가 없군요

탓-

그런 얕은 수르…

# 파이게임
## P I E   G A M E

**#34**

"플랜 B"

왜!!!!!!

왜 살려둔 거야
저 새X를!!!

67,720,000

80억이 날아갔어! 하룻밤 만에
80억 넘게 사라졌다고!!!!

네가 리더 한다며!
맡겨달라며! 네 말만 잘 따르면
다들 돈 벌어 나간다며!

그럼 진작 저 뽕쟁이
새X부터 죽였어야지!
왜 살려둔 거냐고!!!!

수족을 결박했으니…
괜찮을 것 같았습니다.

저 새끼가 약 사서
우리 돈! 내 돈!!
다 날아갔잖아아아!!!!

뭐? 괜찮을 것 '같았'다고?
약에 중독된 새X가 얼마나
집요한지 몰라?

저 새X!!! 이빨로 물어뜯어서
기어코 풀었다고!!!

지 이빨 다 뽑히는데도!!
뽕에 미쳐서!!!

왜!! 대체 왜!!
왜 진작 안 죽인 거냐고!!!

사람이니까……

사람을 죽일 수는
없으니까요…

순식간에 벌어진 일이었다.

2층은, 아무런 망설임 없이 6층에게 뛰어들었다.
6층이 스턴건으로 2층을 겨누는 모습을 봤지만.
어째선지 쏘지 않았다. 쏘지 못했다.

5층은, 당황해서 렉이 걸린 건지 명령이 입력되지 않아 에러가 뜬 건지
그저 그 자리에 얼어붙어 있었고

떨어뜨린 무기를 2층이 집어들어
상황은 순식간에 종료됐다.

길고 잔혹했던 위층의 강점기는 이렇게 순식간에
어떤 의미로는 허무하게

막을 내렸다.

네, 플랜 B를
준비해 뒀었어요.

워낙 철두철미한 사람이라,
변수가 발생했을 때 수행할 메뉴얼이
이, 있을지도 모른다 생각했거든요

쾅쾅쾅쾅쾅_

사, 살려주세요!!
배가 너무 아파요!!!

……뭐지?
개수상한데?

아악 죽는다!
어서 오세요!

그래서 미리 준비해 뒀어요. 저와 2층 님만 공유하는 플랜B를.

비밀로 한 건 죄송해요, 보안이 중요한 작전이라……

6층이 발사형 스턴건을 구매한 걸 보고 작전의 성공을 확신했다고 한다.

확신의 이유는 두 가지예요

첫 번째, 이 무기는 연사가 안 된다는 것

FIRE
LOCK

그리고 두 번째는, 조정간이 있단 거예요.

첫 번째, 단발사격만 가능한 총이니, 유사시 6층은 가장……
아니, 사실 유일한 위험 원인 2층에게 이 총을 사용할 거란 확신.

비키세욧!

그리고 두 번째, 조정간이 있는 총이니 가까이 접근할 수만 있다면 락을 걸 수 있다는 확신.

키릭—

1층의 철저한 계획과 2층의 정확한 수행으로 완성된 혁명.

역사책에서 봤던 그대로,
최상층은 결국
최하층에 의해 함락되었다.

폭정에서 해방된 우리가
가장 먼저 한 일은

인신의 구속. 두 번 다시 뻘짓거리 하지 못하도록, 단단하게, 촘촘하게.

다리도 묶고… 아, 순간
접착제도 사죠. 로프에 바르면
굳어서 절대 안 풀리니까……

쫘아악-

됐어. 이 정도면
완벽해.

이로써 안전해졌다. 안전해지니 비로소 안심이 됐다.
비소로 안심이 되니

이 개새X들아아악!!!

억눌렸던 분노가 폭발했다. 참았던 설움이 범람했다.

이 개새X들!
개X 같은 새X들!

빠악-

너도 맞아봐! 응? 맞아보라고
이 발정난 돼지X끼야!!!!

퍽-

퍽퍽-

아무도 말리지 않았다. 그 분노는
정당하기에 행하는 폭력 또한
정당하다 여겼으니.

읽.

우웩.

빠악-

뒈져! 뒈지라고!!
너 처죽이고 게임
바로 끝내버리게!!!

6층! 니가 제일 개X끼야!
이 개 같은 새X!야!!!

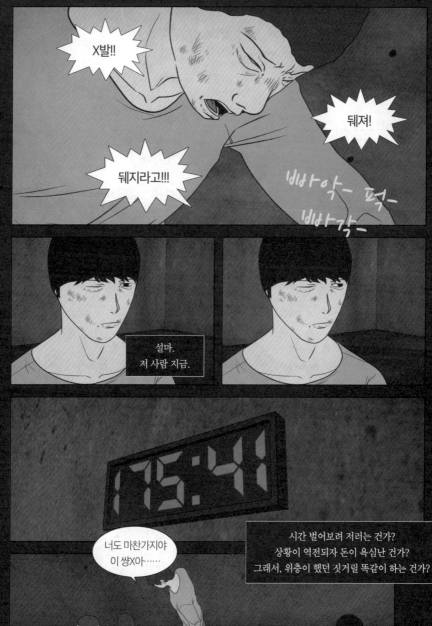

푸닥거리가 끝난 후.
위층 3인은 각자의 방에 유폐되었다.

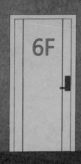

달라진 점은, 그 방들은 더이상
그들만의 스위트 홈이 아니란 것.

전실 24시간 개방. 누구나
드나들 수 있는 공용룸으로 변-신.

즉, 물과 도시락 갑질의 끝.

신장개업 7층식당
(화장실 겸용)

꺼어어어억-

물도 밥도 배부르게 즐겼으니
다음 코스는 당연히.

아아…

마침내……

쭈우우욱-

늘 당연했던 식후 의식이었지만
여기선, 이제서야 드디어.

미친……

개쩔어……

평생 피워온 그 어떤 담배보다도 압도적인,
(폐암 위험 최대 26배!)

압도적으로, 맛있는, 한모금.
(담배, 이래도 피우시겠습니까?)

흡!

읍!

으흡!

읍흡!

뻑뻑~
뻑에야~

오랜 위협을 제거하고,
배불리 배를 채우고,
또 비우고,

핫하! 너도 당해봐라.

마음 편히 기호품을 즐기고 있으니 비로소 실감이 났다.

끝…났다……

투욱-

정확하다. 살아남았다. 끝났다. 여러 개 같고 엿 같은 이벤트들을 거쳤지만 다행히 사지도 멀쩡히 잘 붙어 있다.

178,160,000

178,160,000

남은 시간은 168시간 정도니. 이대로 아무것도 하지 않고 시간을 흘려보내면 시간 다 소진되면 그날로 끝낼 테니 더이상 아무것도 하지 마.

잔여 시간 계속 확인할 거니까 필요한 거 있음 나한테 먼저 말하고

동의하는 거지? 불만 있는 사람은 지금 말해.

모두 동의하는 듯했으니 이대로 끝난다면 내 최종 상금은 2억 정도.

2억이라…

결코 적지 않은 액수지만 잊어선 안 될 게 있다. 전 게임의 빚이 있다.

-514,209,000

나중에라도 정산이 들어온다면 이 개 같은 고생 끝에 남는거라곤 3억가량의 빚뿐.

에이 설마……

에이 설마, 그렇게까지 하겠어? 이렇게 꿀잼을 드렸는데 두 달 내내 주구장창 즐기셨는데, 에이 설마…… 라고 믿고 싶지만

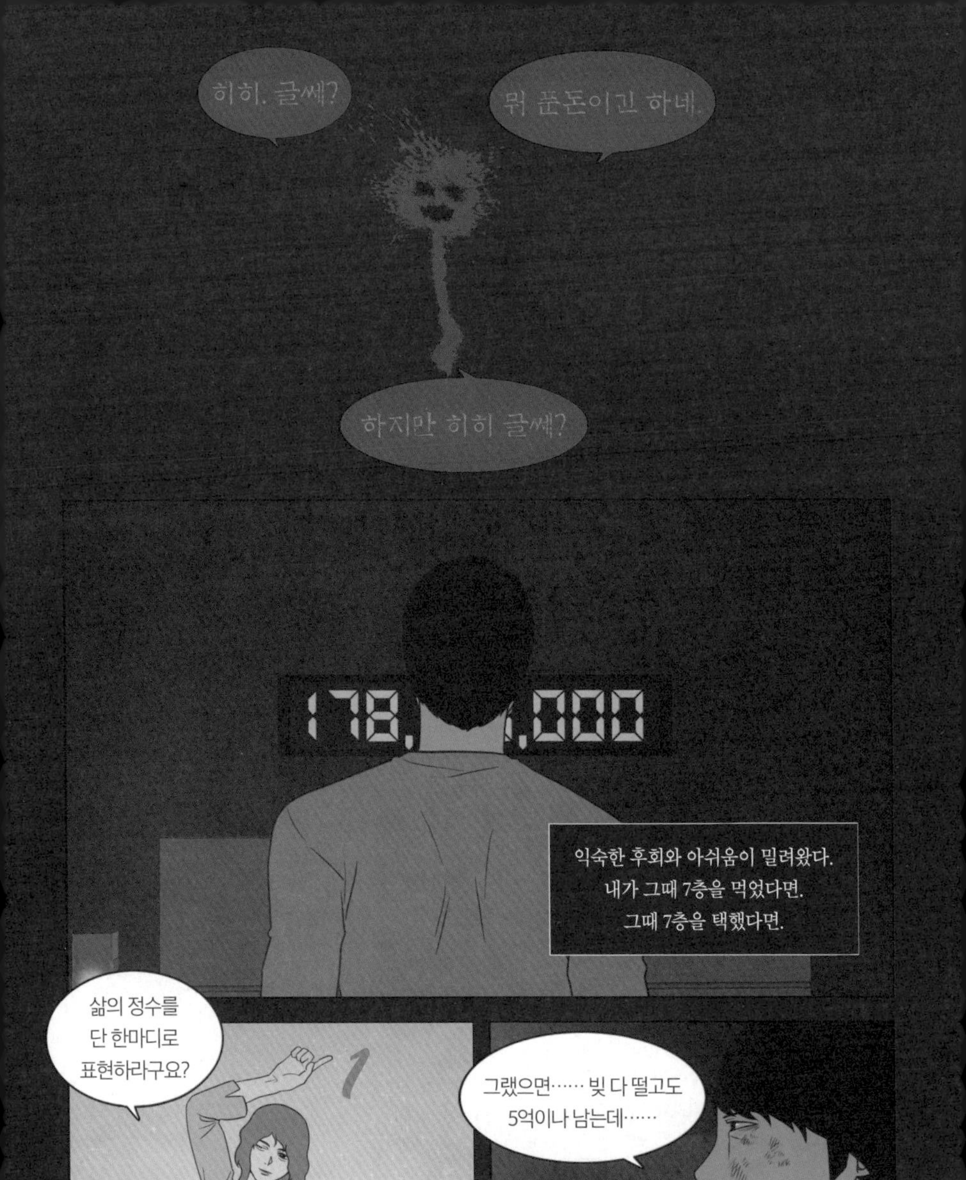


하지만 안다. 의미 없는 후회란 걸. 후회하는 걸로 결과를 바꿀 수 있다면
이딴 후회 천 번 만 번도 더 해주겠지만

후회에 매달려 에너지를 낭비하는 건
후회하는 것보다 더 건강하지 않은 습관이다.

쩝...

하지만 못내 입맛이 쓴 게 사실. 갈증으로 목이 탔다.

음?

그렇게 식당(7층)으로 발걸음을 옮기다.
문득.

......

한 번도 시도해본 적
없었단 걸 떠올렸다.

저기에 방 주인이 아닌
다른 사람의 지문을 인식시키면
어떻게 되는 걸까.

아 개무겁네 진짜!

하나하나 이렇게
찍어야 돼요? 짱나게.

'밑져야 본전이지'는 언제나 실행의지를 충만하게 해주는 마법의 주문.

저기요… 4층 님?
계세요?

뭐 좀 그 저 얘기
좀 뭐 드릴 게 있는데……
계세요 4층 님?

없다. 외출중이다.
광장에서 죽치고 있을 것이다.
그렇다면, 해본다.

꿀꺽-

그래. 해보는 게 맞다.
하지 않을 이유가 없다.

'밑져야 본전'
이니까.

# 파이게임
## PIE GAME

**#35**

"중독자들의 게임"

하긴.
이런 식으로 될 린 없겠지.

이렇게 허술한 방법으로 방이
교체되는 구조였으면, 나 말고도 누군가는
시도해 봤을 테고, 알아냈을 테지.

진짜 이렇게
끝나는 건가……

갑자기 울컥. 억울한 마음이
솟구쳐 차올랐다.

진짜 이렇게 끝나는 거라면 그냥 이렇게 된다는 거다.

위층 3인은 두 달 내내 달달
꿀 쪽쪽 빨다 도합 십수억
상금을 챙긴 거고.

아래층들은, 반대로, 뒈지도록 고생만 하고
합쳐도 7층 한 명만 못한 상금에 만족해야 한단 거다.

시x……

처음부터 끝까지,
엿만 처먹이는……

처음부터 끝까지 엿만 처먹이는

# 파이게임

게임 시작 62일째

여기요

밥 가져왔으니까
먹어요

에헤… 고,
고맙습니다아…

각 방의 담당 당번을 정했다.
하루 한 번 밥과 물을 지급해줄.

7층은 2층이.
6층은 1층이.
5층은 내가.

〈 이 사람은 사고 칠 것 같아서 제외 〉

마음 같아선 걍 굶어 뒈져 썩어 문드러지게 두고 싶지만

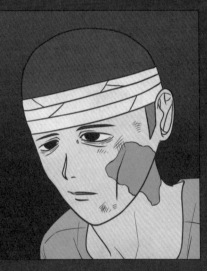

그렇게 하면 속은 시원
하겠지만… 그것도 '살인'
인 건 변함없어요……

동의한다. 그리고 꿈자리 뒤숭숭하게
시체 치우는 거보단, 저대로 두고 남은
6일 치 상금이라도 더 받는 게 이득인

하, 하나만
더 주면 안돼요?

하나만 더요. 네?
두 개면 더 좋고…

뿌득—

저기, 그냥……

좀 닥쳐요.

게임 시작 63일째.

하루 일과는 단순해졌다.

쯔으으읍-

후우-

배고프면 밥을 먹고 목마르면 물을 마시고 무료하면 광장을 어슬렁거리다

가끔 담배도 피우……
아니, 주로, 줄창, 담배만 줄줄 빨아대며
무료한 시간을 버틴다.

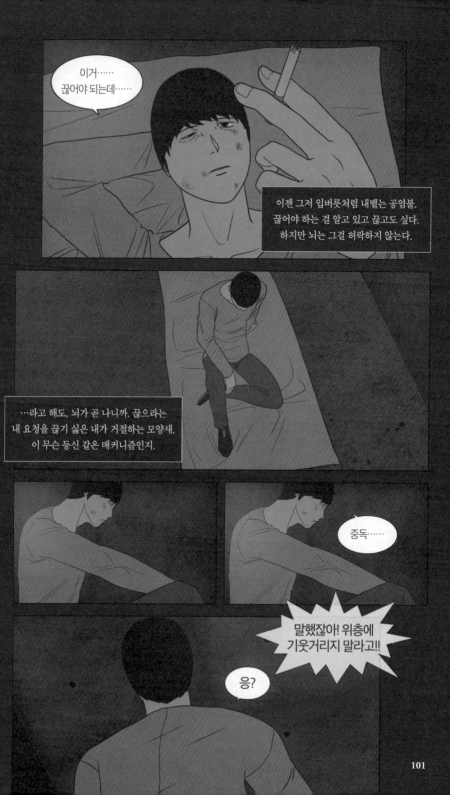

이거……
끊어야 되는데……

이젠 그저 입버릇처럼 내뱉는 공염불.
끊어야 하는 걸 알고 있고 끊고도 싶다.
하지만 뇌는 그걸 허락하지 않는다.

…라고 해도, 뇌가 곧 나니까. 끊으라는
내 요청을 끊기 싫은 내가 거절하는 모양새.
이 무슨 등신 같은 메커니즘인지.

중독……

말했잖아! 위층에
기웃거리지 말라고!!

응?

하아……

우리가, 어째서, 무기를 다 파기했는지 벌써 잊었어?

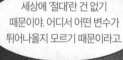

세상에 '절대'란 건 없기 때문이야. 어디서 어떤 변수가 튀어나올지 모르기 때문이라고.

저들도 상상이나 했겠어? 이렇게 한순간에 상황이 뒤집히리라곤.

우린 몸도 마음도 망가질대로 망가진 상태였고,

저들은 멀쩡한 몸에 심지어 각종 무기까지 갖추고 있었으니

상황이 이렇게 되리라곤
꿈에도 몰랐겠지.

그런데, 봐.
결과를 보라고

저들한테 일어난 일이
우리한테는 일어나지 말라는
보장, 어디 있냐고!!

아니! 그때랑은 다르
잖아요! 쟤들은 손가락
하나 까딱 못하는 상탠데!
너무 사리는 거 아녜요?

이럴려고 무기 부순 거예요?
2층 님 맘대로 하려고!

애초에 2층 님이 뭔 권리로
우리 돈버는 거 막는 건데요?
말 안 들으면 어떻게 할……

건배……

졸깍-

무슨 권리로 그러는지 말을 듣지 않으면 어떻게 되는지
4층도 잘 알고 있을 것이다.

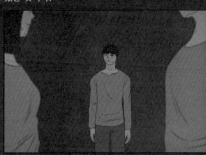

게임을 끝내고자 하는
2층의 의지는 강경했다.

발생가능한 모든 변수를 없애는 게, 그저 조용히 앉아 게임을 끝내는 게,
가장 안전한 방법이라 생각하고 있다.

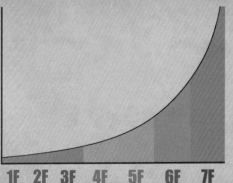

INCOME

1F 2F 3F 4F 5F 6F 7F

하지만 그동안의 핍박+소득격차를 생각하면
이대로 끝내는 건 너무나 억울하다는 4층의 호소 또한 납득이 간다.

더 솔직히 말해줄까?

당장 게임을
끝내고 싶은 이유.

믿을 수 없기 때문이야.
너도, 너 아닌 누구라도
여기선 그래야 살아남아.

!

2층 님, 오해예요
제가 물 다 마신 게
아니……

2층과 4층의 다툼 한가운데서 둘 다 합당한 논거가 있는데?
라며 관망 중이었지만

2층의 대사를 듣고 한순간에 깨달았다.
한순간에 기울었다.

우린 한 팀이 아니었다. 그저 필요에 의해
뭉쳤을 뿐인 언제라도 이합집산 가능한
약한 인력의 이익집단.

우린 혈연도 뭣도 아니야.
흔한 계약서 한 장 나눠 쓴
사이도 아니라고

어제는 힘을 합쳤지만.
내일도 그럴 것이라고…
누가 장담할 수 있겠어?

어……라? 지금. 잠깐. 뭔가……
뭔가 아련한 향수가 느껴지는
단어가 언뜻……

아!!!!!

혈연도 핏도 아닌…
흔한 **계약서** 한 장 나눠 쓰지 않은……

계, 계, 계약서!!!!

?

?

머리를 하두 처맞아서 그랬나
방법이 있었단 걸 까맣게 잊고 있었다.

상금 엔빵 계약서를 쓰는 건
어떨까요? 주최 측도 사적
계약은 용인해 주더라구요.

와우. 상의 후 답변
드리겠습니다.

서둘러 1층을 호출했다.
다급히 방법을 설명했다.

말풍선

설명말풍선

대략설명중

전 게임에선, 전원의 동의를 받는 데 실패해
계약 효력이 발생하지 않았었지만

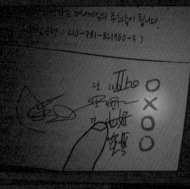

그때와는 상황이 다르다. 7인 전원의 사인을
받아낼 수 있다. 잘만 되면 효력이 발생할 것이다.

이 방법이 먹히면 가져올 수 있다.
위층의 상금을 뺏어올 수 있다.
복수도 하고 배도 불릴 수 있는 1+1 기회다.

그렇다면 사인
보다는… 지, 지장을
찍는 게 어떨까요

받아내기도 쉽고, 뭣보다
지장 쪽이 더 확실한 본인
인증이 될 테니까요

이렇게, 내 원안에 1층의 아이디어를 곁들여 계약서가 완성됐다.

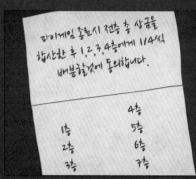

쌓인 분노와 묵은 원한을 한방에……
아니, 한장에 해소할 수 있는 궁극의 해결책.

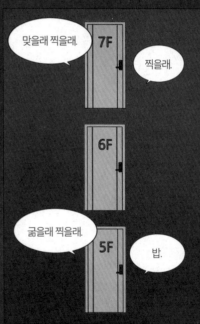

맞을래 찍을래.

**7F**

찍을래.

**6F**

굶을래 찍을래.

**5F**

밥.

7층과 5층의 지장은
무난히 받아낼 수 있었다.

**6F**

문제는 6층
…이었지만

찍어.

그러는 게
좋을 거야.

개기면 감자칼로 얼굴
껍질 다 벗겨버릴 거니까.

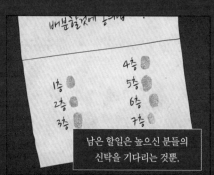

남은 할일은 높으신 분들의
신탁을 기다리는 것뿐.

그럼······
너, 넣을게요···

기이이이잉─

철컹─

일초가 한 시간만 같은
일분이 영겁과도 같은
기다림이 계속됐다.

그리고

긴긴 긴 긴

기다림 끝에

마침내.

마침내.

아⋯⋯

아아아아⋯⋯

마침내.
'불가' 라는 대답을
들을 수 있었다.

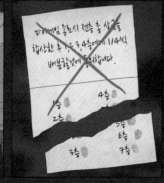

# 184,210,000

어째서?
대체 뭣 때문에?

모두의 지장을 받아 계약서를 완성했지만
주최 측은 용인하지 않았다. 왜? 대체 왜?

설마, 협박이나 강박에 의한 계약 체결은
인정하지 않는다라는 세간의 법에 따라서?

그럴 리가. 이제와서 그럴 리가. 여기서 그럴 리가.
그것보다 더 정답에 가까운 추리는.

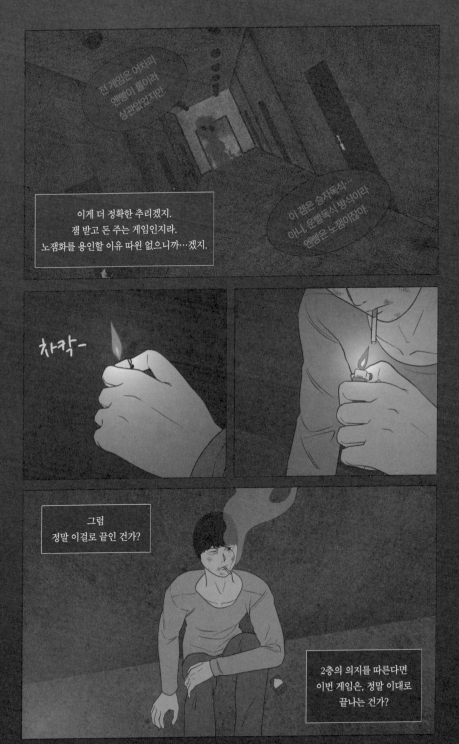

중독……

그들 모두
이 게임이 얼마나 끔찍한지 겪어봤으면서
끊어내지 못하고 참가한 사람들이란 걸.

즉 우리 모두
심각한 중독자라는 사실이.

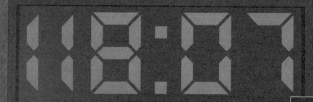

문득
떠올랐다.

# 파이게임
## PIE GAME

**#36**

"시간이 늘어난 이유"

시간이 늘어났다.
무려 17시간이나.

늘어난 시간을 보자
가장 먼저 든 생각은

엿됐다. 게임 종료까지
17시간이나 늘었다.
…가 정상이겠지만, 애석하게도

17시간 늘었으니
200만 원 더 벌었다.
…라는 감상이었다.

역시, 끊지 못하는 건가.
이토록 끊어내기 힘든 건가.
왜 이렇게 악마적으로 매력적인 건가.

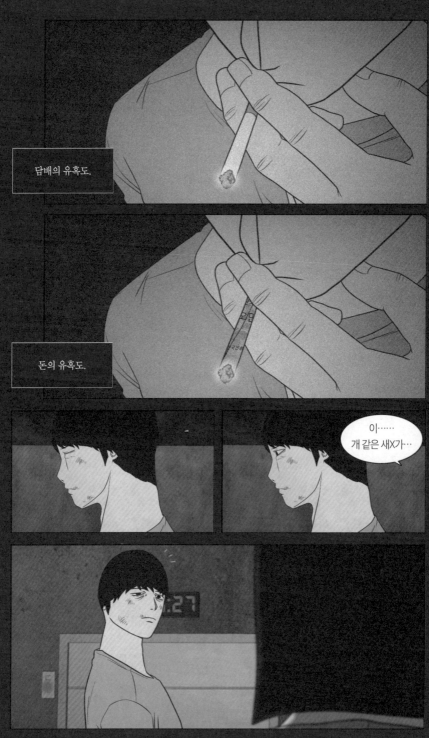

담배의 유혹도.

돈의 유혹도.

이⋯⋯
개 같은 새X가⋯

어……

가, 같이 가요
2층 님!

이 X만한 새X가!!

뭐, 뭐예요?

왜 이러는데요
갑자기?

왜 이러냐고?
왜 그랬는지
네가 먼저 말해봐.

뭔 개짓거릴 했어?

124

아님.
진짜 연기를 잘하는 건가?

MC 꿈나무입니다.
스탠딩 코미디
연기자기도 하죠.

썰 한번 스윽
풀어드릴까요?

믿거나 말거나
지만요ㅋ

어차피 증거 같은 건 못 찾을 테니 철판 한번 깔고 돈 캐는 게 당근이득.
…이란 사고의 귀결인가?

아니 근데!

뿌리침ㅡ

그걸 왜 나한테
따지는데요? 내가 했단
증거라도 있어요?

어제 강 갔다구요!
저녁 먹자 마자 바로!

같이 저녁 먹은 후로
나 본 사람 있어요?

1,690,000

없죠? 없겠죠!
먹고 바로 짱박혀
잤으니까!

125

확인에 나섰다. 시간이 늘어났단 건 분명
모종의 이벤트가 있었단 방증이며

그 이벤트는 분명
모종의 흔적을 남겼을 테니까.

라고. 틀림없이 그럴거. 라고.
뭐라도 있을거. 라고. 생각했지만.

5F

밥?

5층은 멀쩡했다.

6층도 멀쩡했다.

7층 역시 매우 멀쩡했다.

한참 동안이나, 샅샅이, 시간 연장의 이유를 찾아내려 했지만
결국 아무런 성과를 내지 못하고

187,440,000

새벽이 깊어가지만

생각에 생각이 꼬리에 꼬리를 물고 늘어져 잠이 오지 않는다.

이거 아닌가?

혹시… 뭔가 놓치고 있는 건가?
겉으로 보이는 외상이 아니라…
눈에 띄지 않는 내상……이라면

이거임?

이건듯?

그러고 보니 매드사이언티스트
같은 독쟁이도 있었잖아.

오\빠?↗
첫잔은 원샷
이겠쬬?↗↗↗

하지만 7층은 꽁꽁 묶인 상태.
옴짝도 달싹도 할 수 없으니
혐의를 벗는다.

꾀돌이 6층도 같은 처지니 뭔가 일을 꾸미지는 못ㅎ……

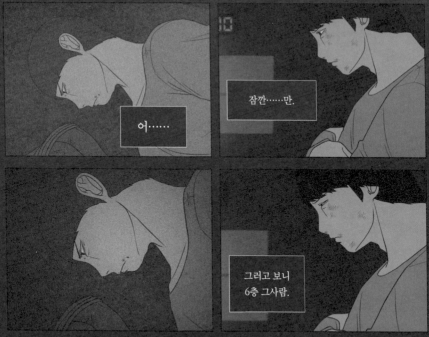

어……

잠깐……만.

그리고 보니
6층 그사람.

좀… 뭔가 조금 얼굴이……
평소와 달랐던 것 같은……

얼굴이 부쩍 홀쭉해진……아니,
아니다. 홀쭉이 아니다.

〈홀쭉〉　　　　　　〈합죽〉

그래. 바른 묘사는 홀쭉이 아닌 합죽이다.
면상이 합죽해진 느낌이······

합죽이가　　　됐다고?

합죽.
그러니까.
사람이 나이가 들면.

설······마?

다음날.
(여기선 안 보이지만)
동이 트자 마자.

뛰어 올라갔다.
추측에 확인이 필요했다.

내상이 아니야…
첨부터 내상 같은 게
아니었어……

내 추측이 맞다면,
내 추리가 맞다면,

처음부터 외상
이었어. 보이지
않을 뿐이야.

벌려! 아 좀
벌리라고!!!

버티다 턱 나가!!

뿜어져 나오는 피 냄새와
지혈제로 추정되는 약 냄새가

내 예측이 맞았음을
실감하게 해준다.

그리고
예측보다 실측은
훨씬 더 끔찍했다.

이…
이건……

이건…
너무……

협박당한 거겠지.
시술할 때 소리를 지르면, 수색할 때 입안을 들키면,

그러면
어떻게 될까?

응? 어떻게
될까?

응?
궁금해?

궁금해하지 마.

진심으로 충고하는데,
평생 모르는 게 좋을 거야.

인간은 다 똑같다.
치장이 다를 뿐 알맹이는 다 똑같다.
그 치장조차, 돈 앞에선 너무나 허무히 벗겨진다.

이 명료하지만 강력한 설정을 믿기에
그들은 늘 이기는 게임을 할 수 있었겠지.

그러니 이번 게임도 역시
그들의 승리로 끝날 것 같다는
두려운 예감이 드는 건

합리적인 추론이겠지.

# 파이게임
## P I E   G A M E

**#37**

---

**"Social Nervous System (사회불안망)"**

시간이 늘어난
이유를 알아냈으니

시간을 늘린
범인을 알아낼 차례.

하아……

이 개X끼가
진짜……

범인 색출 작업은
당연히 가장 유력한 용의자부터.

141

증거도 뭣도 없으
면서…일단 나부터
족치고 보겠단 말이죠?

물론
물증은 없다.
하지만
심증은 가득하다.

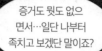

죽어! 죽어
이새x야!!!!

왜 말리는데요!
이제 안전하게 돈
벌 수 있는데!!!

4층 님… 돈이
그렇게 탐났어요?

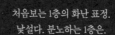

처음보는 1층의 화난 표정.
낯설다. 분노하는 1층은.

142

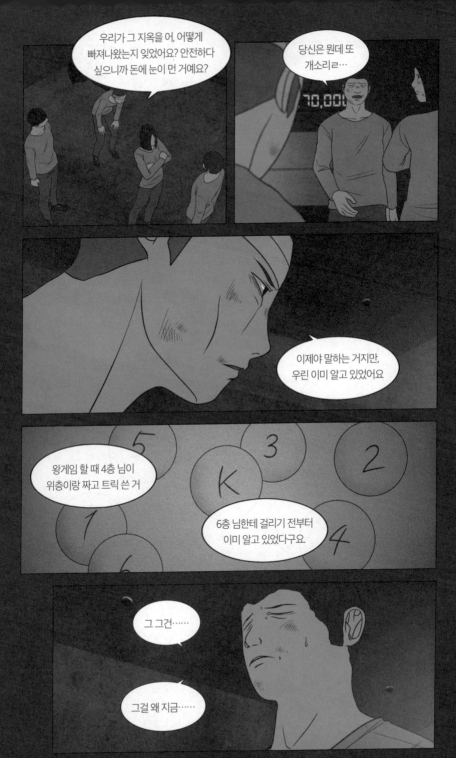

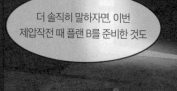

더 솔직히 말하자면, 이번 제압작전 때 플랜 B를 준비한 것도

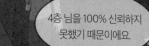

4층 님을 100% 신뢰하지 못했기 때문이에요.

참 다행이지 않나요? 플랜A는 알 수 없는 이유로 간파당했으니까요

돌이켜보면 아찔하다. 1층의 2안이 없었다면 우린 오늘도, 지금도, 여전히……

살살 해줬더니 물려고 대들어?

입벌려! 매콤펀치 들어간다!

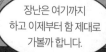

장난은 여기까지 하고 이제부터 함 제대로 가볼까 합니다.

아니. 여전하기만 해도 차라리 다행.
더 가혹해진 / 더 잔인해진 / 더 비인간적인 그 어떤 게임을 굴리고 있겠지

그럼에도 불구하고

4층 님 역시 우리 아래층
일원이라 생각해서, 한 명이라도
많은 게 어, 어쨌든 유리하다
생각해서, 손을 내밀었는데……

어떻게… 어떻게
끝까지… 마지막의
마지막까지……

시X 뭔 소설을
쓰는 거야 지금!!!!

찾아봐. 도구.

맨손으로 이를 뽑진 않았을 거 아냐.

같은 짓거릴 7, 5층한테도 할 계획이었을 테니 여기 어딘가 숨겨놨을 거야.

뿌드드득-

2층의 요청(=명령)을 받아 4층(몸) & 4층(방) 수색을 시작했다.

그리고 2층의 추측(=예언)대로 도구는 금방 발견됐다.

차, 찾았어요.

눈에 안 띄게 쓰레기 봉투 바닥에 부, 붙여놨네요.

149

이런 걸……

맘 같아선
좀 더 교육해주고
싶은데

99%의 심증이
100%의 확증으로 바뀌는 순간.

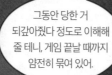

그동안 당한 거
되갚아줬다 정도로 이해해
줄 테니, 게임 끝날 때까지
얌전히 묶여 있어.

혹시 이거……
그런 거야?

이대로 게임 끝내기는
아쉬우니까… 아까우니까…

다음 타겟으로 날
잡은 거야? 그렇게 하자고
다 같이 짠 거냐고.

148

또, 또, 왕게임 트릭 발각됐을 때처럼
또, 또, 발작 온 척 연기한다.
…라고, 잠시, 생각했지만.

아니었다. 찐 발작이었다.
찐으로 몸이 뒤틀렸고
거품이 뿜어져 나왔다.

235,330,000

약! 약 어디 있어?

제가 차, 찾아올게요!

235,330,000

빨리요! 저러다
죽겠어!!

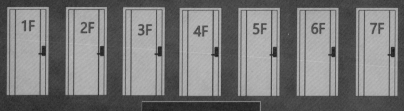

그는
정 가운데 층을 택했었다.

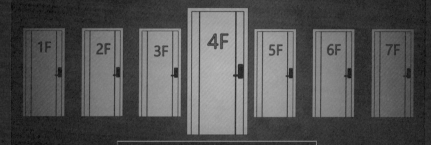

사전정보가 전혀 없는 상태에서의 선택은
개인의 심리나 개성이 강하게 투영됨에

당연히 최고층이죠?
탑뷰 펜트하우스가
나한테 어울리니까.

선택의 여지 없이
1층이네요.
다리가 이러니……

151

그러니 4층이 4층을 선택한 기저심리는.

고민할것도 없이 가운데 층이죠. 위로도 아래로도 운신 가능하니까요.

그 선택의 이점을 살려, 4층은 게임 내내 박쥐처럼
위층과 아래층을 오가다, 막판에 이르러서는
오로지 자기 자신만을 위한 선택만을 선택했다.

# 내 맘 대 로 할 거 야!

처음부터 그런 사람이었다.
그래서 그랬을 거라고 이해한다.
이해했으니 납득할 수 있다.

# 돈 만 이 진 리 야!

그런데…
딱 하나……

그거, 진짜
발작이었잖아……

이 하나가 못내 마음에 걸린다.
그 찐 발작이, 그러니까 진짜 억울해 뒈질 것
같은 스트레스 때문에 일으킨 거라면……

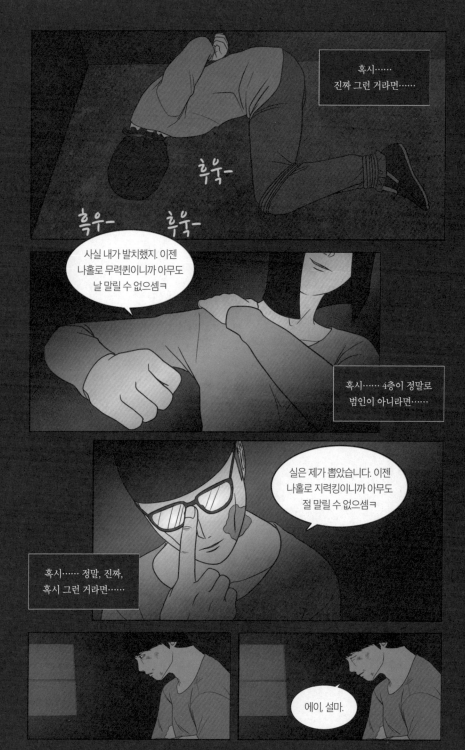

153

그러기엔 유인이 너무 약하다.
수많은 리스크와 하드한 견제를 감내하기엔 기대수익이 너무 짜다.

〈 스튜디오 최저임금 투탑 〉

그러니
이런 불길한 생각은

그냥 내
망상이었음……

이 지긋지긋한
게임.

이젠 좀.
제발 좀.

작작 좀 하고
끝내자고 조옴……

우려와는 달리 다행히, 정말 천만 다행히.
4층의 감금 이후로
그 어떤 사건사고도 일어나지 않았고

노잼의 기운을 잔뜩 흡입한 스튜디오는
잔여 시간을 소진하며 조용히 죽어갔다.

게임 시작 67 일째. 게임 종료까지 남은 시간은

단
이틀.

우와……

이런 우연이 있나,
딱 떨어지네요.

네? 떨어지다니
뭐가요?

상금이요. 시간 0 되면
2억 딱 맞추고 끝나요.

아.

축하드려요
3층 님.

아차. 괜히 들떠서, 안 해도 될 말을.

죄, 죄송합니다. 쓸데없는 소리 해서……

아녜요, 저도 1억3천이나 벌었는 걸요. 이 정도면 만족해야죠.

전 게임에서는 한 푼도 못 건졌거든요.

목숨만 부지하는 조건으로 다 넘겼어요. 상금.

게임 내내 식사 준비하고 물 떠주고… 그, 그렇게 해서 목숨만 겨우… 건졌어요.

역시 그랬던 건가. 이 게임은.
전 게임 우승자들이 모인 승자전이 아니라,
나처럼 더 깊은 나락으로 떨어진 사람들을 위한

# MONEY GAME PIE

패자부활전, 혹은 패자확인사살전 같은 거였나.

이 돈이면 작은 전세집 정도는
얻을 수 있을 테니…… 자립의 꿈, 꿈을
이뤄줄 소중한 자본금이죠 제겐.

아. 한참을 잊고 있었다.
1층은 시설 출신이었지.

…라며 훈훈하게
마무리하면 좋겠지만.

사실은.

꽈악─

한참이나 마음을 못
다잡고 괴로워했었어요. 상금
배분 룰을 알고 나서부터는.

첫날, 방을 선택한 후 들어가보니.

1F

안 보이더라구요 상세 룰북이.

아, 또 잊고 있었다. 경험자 대접으로 룰북 같은 건 제공되지 않았었지.

이번 겜 룰은 니들이 알아서 유추해.
전 게임이랑 뭐가 달라졌는지
한눈에 알 수 있게 꾸며놨잖아? 이 스튜디오.

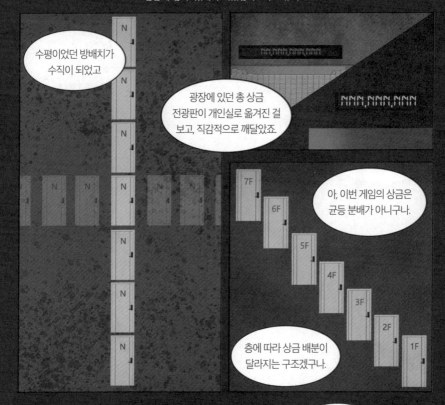

수평이었던 방배치가 수직이 되었고

광장에 있던 총 상금 전광판이 개인실로 옮겨진 걸 보고, 직감적으로 깨달았죠.

아, 이번 게임의 상금은 균등 분배가 아니구나.

NN,NNN,NNN,NNN

NNN,NNN,NNN

7F
6F
5F
4F
3F
2F
1F

층에 따라 상금 배분이 달라지는 구조겠구나.

이 룰을 한마디로 표현한 게.

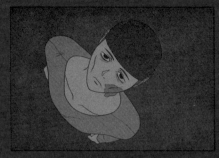

그래서,
파이게임……

게다가 선택한 방이 하필 1층. 7명 참가자 중 가장 못 버는,
아무리 발버둥쳐도 가난을 벗어나지 못할, 하필 1층.

흐읍차!

오도독-

말이 너무 마, 많았네요.
다 끝났다 생각하니 왠지
감정이 복받쳐서……

…라는 겸연쩍은 소회를 남기고
1층은 방으로 돌아갔다.

절뚝-

절뚝-

그나마
다행인 건가.

저 사람에
비하면 난……

내 불행을 남의 더 큰 불행으로 위안 삼는 건
그리 건강하지 않은 자위법이지만

2억이면 그래도
치킨집 하나 정도는
차릴 수… 있겠지?

상대적으로
괜찮은 게 아닐까.

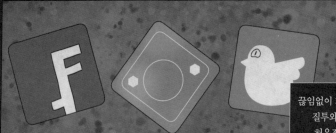

〈 SNS : social nervous system 〉

끊임없이 가진 자와 나를 비교해
질투와 자괴의 늪에 빠져
허우적거리는 것보다는
상대적으로 나은 처방이 아닐까.

그래. 좋게 생각하자.
누군가의 말 그대로, 세상 어디에도
이런 돈벌이 기회는 없을 테니.

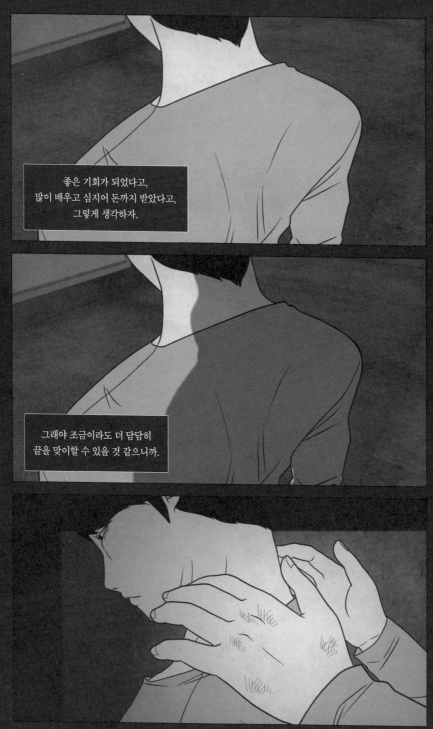

좋은 기회가 되었다고,
많이 배우고 심지어 돈까지 받았다고,
그렇게 생각하자.

그래야 조금이라도 더 담담히
끝을 맞이할 수 있을 것 같으니까.

# 파이게임
## PIE GAME

### #38

"2층의 비밀"

이대로 끝내긴 아쉽다는
생각. 4층이 했던.

아, 그건⋯⋯

안 해봤다면 거짓말이겠지.
저항 못하는 위층을 '이용'해 시간을 버는 건
식은 죽 먹기일 테니까. 또한, 게다가,

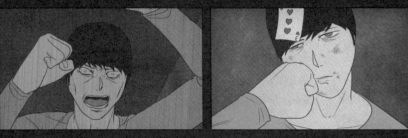

그들을 '이용'하는 건
정당한 복수라는 명분.
당위까지 있으니까.

2층 님은 어떻게
생각하는데요?

으득-

당연히 수백 번도 더 했지.
저 새X들이 우리한테 한
짓거릴 생각하면 씹어
먹어도 시원찮아.

그런데.

그걸 실행에 옮기는 건 또
다른 얘기야. 시간을 벌려면
우리가 당했던 거보다 더 심한 걸
보여줘야 할 테니까.

재방송
개노잼

2층의 말이 맞다.
때리고 지지고 뽑는 레벨의 유희로는
더는 주최 측의 환심을 사기 어려울 테니

넌 어때. 할 수 있어?
사람 자르고 썰어서, 그거
팔아 돈 벌 자신 있냐고

……못하죠
저도

그렇게까지는 못한다.
인간은 모두 불쌍한 존재라거나,

용서는 최고의 용기라거나,
뭐 그런 말랑한 저항감이 아니다.

수백만 원만 줘도 타인을 죽이는 사람이 있고
수백억 원을 준대도 해하지 못하는 사람이 있듯

난 이 양극단 가운데 어디쯤 있는 사람일 뿐.
그러니까 그냥, 너무 심한 건 못하는 사람일 뿐.

다시
하루가 지났다.

# 26:52

무사히. 또 평온히.
맞이한 게임 시작 68일 차의 정오.

# 197,260,000

내일이 되면
[파이게임]은 종료.

엔딩 크레딧이 올라간다.

…라는 건 지금의 내 심상. 엔딩 크레딧이 올라가도 이상하지 않을
적적한 피날레의 기운만 가득하니.

해피엔딩……

인 건가?

6층을 제외하곤 비가역적
손상을 입은 참가자는 없으니,
어떤 의미론 해피엔딩……일지도?

뭘 제 걱정까지 해주십니까.
잔뜩 번 상금으로 임플란트
박았습니다. 하핫호!

뭔가……
개찜찜한데……

마음 한구석 끈적하게 달라붙은 찜찜함이 좀처럼 씻겨 내려가지 않는다.
어쨌든 해피엔딩이지만 전형적 권선징악은 아니라는 억울함 때문인 건가?

아니면, 많게든 적게든 각자 돈 벌고 끝.
이라는 순한맛 엔딩을 주최 측이 두고볼 리 없지.
…라는 불안감 때문인 건가

뭐냐고… 누고 덜 닦은 것
같은 이 꿉꿉함은……

뭔가 놓치고 있는 것 같긴 한데 뭘 놓쳤는지
모르겠다. 머리가 아파 울컥 짜증이 솟구쳤고,
뇌는 스트레스를 상쇄할 보상을 요구했다.

일단 한 대 빨면서
심신의 안정을…

부스럭~

팅

70,000

짜증

담배가 떨어졌지만, 더는 구매할 수 없다.
아니 엄밀히 말하면 더 이상 어떤 구매도 할 수 없다.

게임 종료 얼마
안 남았으니까
구매는 이제 금지.

아니 강 이 근처는
얼쩡거리지도 마.

그럼 뭐
어쩔 수 없이……

따악 한 대만
빌붙을까……

그래야지. 본인이 금지했으니. 본인이 책임져야지.

와우.
대박.

문을 열어두고
외출하셨어?

마침 열려 있으니 마침 잘됐다.
구차하게 빌리는 것보단 깔쌈하게 쩨비는 게 훨 스맛-트 하니.

계세요 2층 님?

또한 마침 안 계실 거다.
2층은 먹거나 싸는 시간 외
대부분을 광장을 지키며 보내니.

곧 뇌에 니코틴을 삽입할 수 있다는 기대감에
살짝 흥 돋은 맘으로 소지품을 뒤졌지만.

2안으로 급 노선변경.
온초가 없다면 버린 장초라도 찾아야해 대작전.

와아…
냄새 진짜…

콜록-

콜록 콜록-

우욱-

담배 피려고 이렇게
까지 해야 되나……

…라고 입으로는 말하지만 몸은 그만둘 생각이 전혀 없었다.
이미 내 뇌는 니코틴님의 굉장한 맛을 봐버린 상태니까

음? 이거?

이야 2층 님… 그렇게
안 봤는데…… 혼자 즐기려고
꽁꽁 숨겨놓은 거 봐ㅋ

쓰레기 더미 바닥에, 일부러 뒤지지 않음
절대 못 찾을 곳에, 꽁꽁 숨겨놨으니 당연히
혼자 몰래 피려고 숨긴 '담배'라 생각했다.

같은 흡연자끼리
너무하시네ㅋ

부스럭-

담배갑 치고는 얇다 느꼈지만
그런 종류도 있으니, 여전히
숨겨놓은 '담배'라 생각했다.

대가리 속이
오직. 오로지.
담배 생각으로만
가득 차서

부스럭-

부스럭-

그렇게만 생각했다.

그렇게 생각했다.

그렇게만 생각했다.

그렇게 생각했다.

그렇게만 생각했다.

그렇게 생각했다.

그렇게만 생각했다.

그렇게 생각했다.

그렇게만 생각했다.

그렇게 생각했다.

그렇게만 생각했다.

그렇게 생각했다.

그렇게만 생각했다.

그렇게 생각했다.

그렇게만 생각했다.

그렇게 생각했다.

그렇게만 생각했다.

그렇게 생각했다.

그렇게만 생각했다.

그렇게 생각했다.

그렇게만 생각했

지만.

어.

동작이 멈췄다. 사고가 멈췄다.
호흡까지도 멈춘 듯했다.

뭐지 이건.
뭐였지 이건.
뭐더라 이건.

아. 이거. 그거구나.
숫자카드.
첫날 방 배정 때 픽했던.

그런데.

이걸 왜. 2층 님이 가지고 있는 거지? 어떻게 가지고 있는 거지?

다들 버렸으니까.
방 배정 후에는 필요 없으니까. 버렸지.
여기까진 납득. 그런데.
이걸 왜. 2층이 모아놓고 있냐고.
이 카드로 대체 뭘 하려는⋯⋯

!

카드. 숫자. 취득.
본인 방.

참가를 결정하셨다면 원하시는
층의 카드를 취득해 주세요.
카드에 적힌 숫자가
본인의 방이 됩니다.

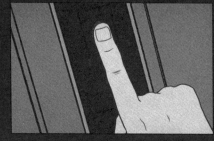

카드. 숫자. 취득.
지문 등록.
본인 방.

3F

카드. 숫자. 다수 취득.
다수의 지문 등록.
다수의 본인 방.

7

1

2

6

3

5

4

다수의 본인 방.

다수의 본인 상금.

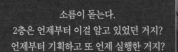

소름이 돋는다.
2층은 언제부터 이걸 알고 있었던 거지?
언제부터 기획하고 또 언제 실행한 거지?

더 큰일 나기 전에
게임 끝내야 해!

이런 협박한다고 내가
계속할 것 같아?

제발 그만하자.
끝낼 수 있을 때 못 끝내면 또
어떤 변수가 생길지 몰라.

2층은, 처음부터 끝까지 한결같았잖아.
늘 한결같이 게임 종료를 주장했었잖아.
내가 아는 한 그랬는데,
내가 보는 한 그랬었는데,

대체⋯
대체 언제부터⋯⋯

아무리 생각해도 정리가 안 된다.
도대체 앞뒤가 안 맞는다.

대체 뭐가 어떻게
돌아가는 거야⋯⋯

또, 또다시 뭔가 놓친 건가? 다른 참가자의
상금을 뺏을 수 있다는 절대률을 놓친 것처럼,
2층이란 인간에 대해 또 뭔가를 놓치고 있⋯⋯

삐리리릭―

!

- 철컥-

응?

뭐하냐 너?
내 방에서?

X 됐 다.

아, 오셨어요?
기다리고 있었어요

하지만 침착해라.
이 방문엔 훌륭한
핑계거리가 있으니.

담배 좀 빌리러 왔어요. 제 꺼
오링나서. 기억하죠? 우리 한때
6층3층2층 담배동맹이었던 거.
뭐 6층이 배신 때려서 아쉽게
산산조각 나긴 했지만ㅋ

병X아! 좀 닥쳐!
침착하라 그랬지 주절거리랬냐!

흠……

왜 저렇게 뚫어지게 보는 거지?
설마, 들켰나? 아무리 태연한 척해도
절대 숨길 수 없는, 무조건반사를.

커진 동공과 열린 땀샘과 세세한 경련.
…이 보여주는
뚜렷한 거짓말의 사인을, 들켰나?

없어.
안 피운 지 꽤 됐어.

하…아쉽네요. 담배 말려 죽겠는데.
그래도 뭐 곧 집에 가니까 나가서 실컷
사서 피죠 뭐. 이야 근데 담배도 끊으시고,
역시 2층 님은 독ㅎ…아니, 대단하세요.

병X아!
닥치라고 좀!!!
닥치고 다리나 움직여!!!!!!

없다시니……
이만 갈게요

됐다.
살았다.

됐다. 살았다.
됐다. 살았다.
됐다. 살아남았……

잠깐.
거기 서.

아니. 안됐다.
아마도 난.

이리 와 봐.
확인해볼 게 있으니까.

죽은 것 같다.

# 파이게임
## PIE GAME

**#39**

---

"점점 드러나는 의문들"

너. 이리 와봐.

확인해볼 게
있으니까.

죽었다.
난. 죽었다.

죽었다.
난 시X 뒈졌다고!!!

거기 서서 뭐해?
오라니까.

피 뽑히고 돈 뽑히는 그 영겁의 질곡의
시간을 리플레이 할 바엔, 깔끔히 죽여주세요.
죽은 사람 소원도 들어준다는데, 죽을 사람 소원도 들어주세요.

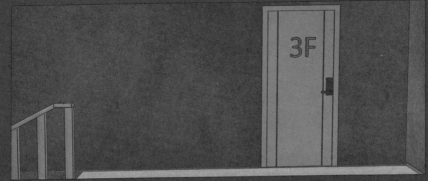

딱딱딱- 딱딱딱딱딱딱-

딱딱-

딱딱딱딱-

딱딱딱딱-

살았다. 탈출했다. 일단은. 당장은.

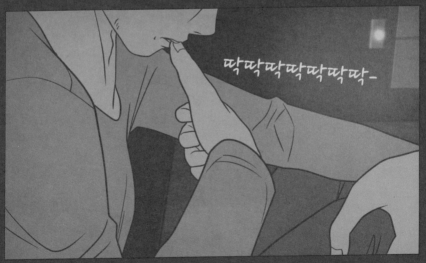

딱딱딱딱딱딱딱-

이제야 깨달았다. 뭐가 그렇게 찝찝했었는지.
엔딩 크레딧을 봤는데도
왜 그렇게 덜 닦은 것처럼 찜찜했었는지.

'머니게임 때와 달라진 점에
주목하면 파이게임의 룰을 알게 된다.'
깨달았지만, 기어이 하나를 놓치고야 말았다.

참가를 결정하셨다면
비어있는 방으로 들어가세요.

참가를 결정하셨다면
카드취득 후 방으로 들어가세요.

이 부분. '카드의 존재' 부분이 다르단 걸 놓치고 있었다.
대놓고 다른데도 깨닫지 못하고 있었다.

걍 들어가는 것만으로도 방 소유가 인정됐는데
걍 지문 찍는 것만으로도 방 소유가 인정될 건데
굳이 '카드를 소지'하라는 이유를 의심했어야 했다.

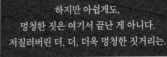

멍청한 놈…

멍청한… 이
멍청한 새X야……

딱딱딱딱딱-

하지만 아쉽게도,
멍청한 짓은 여기서 끝난 게 아니다.
저질러버린 더, 더, 더욱 멍청한 짓거리는.

들고 나와 버렸다. 나도 모르게, 주머니에
넣어버렸다. 견물생심, 실물에 홀려버렸다.

10억짜리 카드를 보는 순간
눈이 멀고 뇌가 마비돼 버렸다.

미…친……

타이머 ON. 시한부 삶이다.
카드가 사라진 걸 2층이 눈치채는 순간.

그 귀하다는 돗대도 줬는데
이렇게 갚는단 말이지?

어느 손으로
훔친건지 말해줄래?
일단 그쪽 손만 자를게.

안돼.

안된다. 둘 수 없다. 막아야 한다.
선제공격이다. 제압해야 한다.

그런데 어떻게? 2층은 스튜디오 최강잔데.
원거리 무기라도 들지 않는 한 제압은 불가능한데.

그래서 이걸 산 거죠
근접 무기로는
가망 없으니까

197,360,000

하지만 총은커녕 커터칼 한 자루도 구할 수 없다.
오랜 무기는 2층이 부숴버렸고 신 무기는 2층이 못 사게 막았다.

혼자 해먹으려고 무기
다 부순 거 아니냐구요!!!

그렇다면…

상성상.
전사의 상성은 언제나 법사.

주먹이 안 되면
머리로······

다행히 이곳엔
압도적 지력을 가진 참가자가
한 명 있으니까.

1층도 나와 같은 반응을 보였다.
내가 그러했듯
뇌가, 몸이, 숨이, 정지됐다.

잠시……
잠시만요…

절뚝-

잠시만… 저…
생각할 시간을……

한참의 시간이 지난 후.

141.0 10.000

한참이 지난 후에도
또 한참이나 더 시간이 지나간 후.

141.020.000

1층은,
힙겹게 입을 열었다.

어쩌면……
처음부터 지금
까지 쭉……

2층 님의 연기에
소속고 있었던 건지도
모르겠네요……

정신은 수습했지만 두려움까진 물리치지 못한 듯
목소리가 떨리고 있었다.

4층 님이 간질발작 일으켰을 때, 조금 이상하긴 했어요. 그걸, 발작을, 연기로 할 수는 없잖아요.

진짜 억울하거나, 아님 진짜 공포스러웠던 게 아닐까? 라는 생각, 사실 했었어요.

나도 같은 의구심을 품었었다.
그러니 우리의 의심이 정확하다면 6층의 이를 뽑은 건 4층이 아니라.

누가 그랬는지 말하면… 어떻게 될까? 알고 싶어?

알고 싶으면 해봐. 이 펜치, 이빨 말고 다른 것도 잘 뽑히거든.

그리고… 6층 님과 2층 님이
게임을 계속할지 그만둘지를
두고 팽팽히 맞섰을 때.

게임은 계속돼야 합니다.
이 기회를 허무하게
날려버릴 수는 없습니다.

돈에 환장했어?
이러다 누구 한 명 죽어야
정신차릴 거야?!

기, 기억나시죠?
그때 저… 2층 님
편 들었던 거.

저도 2층 님 의견에
동의해요. 이 게임,
너무 위험해요……

그리고 그날 밤.
습격당했지.

당연히 위층의
소행일 거라 생각했다.
쭉 그렇게 생각해왔다. 하지만.

그 추측은 타당하다 생각합니다.
하지만 증거도 없이 단정 짓는
것도 현명한 판단은 아닙니다.

돌이켜보면 증거는 없다.
그냥 그렇게 믿고 싶었을 뿐이다.
오로지 그러고 싶다는, 심증뿐이었다.

결정적으로…
2층 님은 단 한 번도 반격을
하지 않았어요.

사실은, 그럴 생각조차
없는 것처럼 보였어요

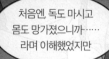

처음엔, 독도 마시고
몸도 망가졌으니까······
라며 이해했었지만

그 내외상을 회복할 만한 시간이
훨씬 지났을 때도, 2층 님은 아무런
저항의지를 보이지 않았어요

기억하시죠? 심지어
3층 님과 제가 합심해 무기를
손에 들려 주었을 때도,

'스무고개' 퀴즈의
정답은······

'스무고개' 퀴즈의
정답은······

2층 님은 어떤
액션도 취하지 않았었죠

열흘이 넘는 그 긴 시간 동안,
그분은 단 한 번도, 상황 반전을 위한
우, 움직임을 보여준 적이 없어요

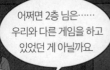

어쩌면 2층 님은······ 우리와 다른 게임을 하고 있었던 게 아닐까요.

애초에 게임을 끝낼 생각 같은 건 없었던 게 아닐까요.

어차피 최후의 승자는 나다. 너희의 상금은 결국 내 차지가 될 거니까.

룰 덕분에, 목숨의 위협도 없다. 설사 죽는다 해도 그건 나보다 약한 인간일 것이다.

그러니 난, 조용히 파이가 커져가는 걸 지켜보기만 하면 된다.

파이가 커지면 커질수록, 내가 가져갈 몫도 더욱 커질 테니까.

1층이 복기한 내용이 사실이라면
남은 시간은 남은 시간이 아닐 수도 있다.

25:06

999:99

파이의 맛에 미쳐버린 2층은
게임의 계속을 원할 수도 있다.

난 여기 있는 그
누구도 믿지 않아.

그러니 너희도
날 믿지 않는 게
좋을 거야

다행인 건, 2층 님이
카드를 사용하는 건 게임
종료 직전일 거란 거예요.

참가자들은 자정부터
익일 오전 8시 까지
본인의 룸 안에
상주해야 합니다.

타인의 방을 빼앗는 룰이라면
빼앗긴 참가자는 상주할 룸이 사라져
게임이 자동 종료될 것이고

방을 교환하는 루,룰이라 해도
교환 즉시 발각이 될 테니 최대한 늦게
카드를 오픈하고 싶을 거예요

이건 그나마 우리한테
좋은 소식이네요 아직 조금은
시간이 남았단 거니까요

그, 그럼 시간 벌었다 치고…
이제 어떡하죠? 지금이라도 급습
할까요? 방심시켜 뒤에서 확?

다급해 아무렇게나 내뱉었지만,
힘으론 안 될 걸 알아 지력캐에게 호다닥 달려온
내 행동과 배치되는 언행이란 걸 깨달았다.

아, 아닙니다. 그게
통할 리 없죠 아무런
무기도 없이…

네, 너무 무모해요.
맨손으로는 절대 2층
님을 이길 수 없어요

그럼 어떻게 해야 하지? 어떻게 해야 살아남지?
어떻게 해야 이 엿 같은 무대에서 퇴장할 수 있지?

차라리 오늘 밤 게임을
끝내버리는 건 어때요?

자정 후에 방 밖으로
나오거나 카메라를 가리거나
해서. 그럼 2층 님도…

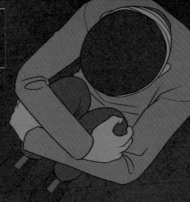

어차피 게임 끝났으니 쿨하게 보내주지 않을까?
게임 끝났는데 굳이 우리를 죽이려 들까?

아뇨. 그게 가장 위험해요.
6층 님은 말뿐인 협박이었지만,
2층 님은…… 어쩌면 진짜로
우리를……

그럼……

풀썩-

그럼 대체……
뭘 어떻게 해야……

방법이 없잖아요. 네?
이러지도 못하고, 저러지도
못하고! 방법이!!

뭐라고…… 뭐라도
말 좀 해봐요…네?
1층 님. 네???

211

# 파이게임
## PIE GAME

### #40

"하늘이 주신 기회"

방법이 있어요

물리적 충돌 없이 2층 님을
제압할 수 있는 방법이.

이…

있다구욧?!

알려 주세요! 뭔지!
뭐든 할게요! 저도!

찾아오길 잘했다.
역시 든든한 국밥 같은
1층이다.

214

언제나 기대했던 것보다
더 뜨뜻하게 돌려준다.

물에 약을
타는 거예요.

효과도 이미 거,검증됐죠.
위층에서도 같은 방법으로
2층 님 제압한 적 있으니.

단, 이번엔 독이 아니라
수면제를 쓸 거예요.

다친 맹수보다는 잠든 맹수를
사냥하는 게 훨씬 쉬우니까요.

와! 그것 참으로
좋은 생각…

인건 알겠는데……
그걸 어떻게 몰래 사서
몰래 먹이죠?

설령 자리 비운 틈을 타
수면제 구매에 성공했다 한들,
줄어든 시간까지 숨길 수는 없잖아.

걱정마세요 그것까지
다 계산에 넣어놨어요

아.
잠시나마 의심해서 죄송합니다.
믿음의 얕음이 부끄럽습니다.

단, 서둘러
실행해야 해요

2층과 위층이 서로 결탁하고 있을
가능성을 배제할 수 없다 말했다.

뭔데요?
왜 말려요?

7층은
때리지 마.

추측이 사실이라면, 적당한 때에 위층(7,5층)을 해방시켜
스튜디오를 재점거하려 할 것이라 말했다.

마음 한가운데 있던 급한 불이 꺼지니
그제서야, 잔불 사이로, 마음 한구석에 있던 회한이 보인다.

최대한.
빨리.
제압.
2층을.

발암의 7층도 아니고

울분의 6층도 아니고

짜증의 5층도 아닌

게임 내내
우리 중 하나라
믿어 의심치 않았던

2층을

최대한.
빨리.
제압.

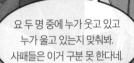

님 사이코패스
테스트 함 해보실?

요 두 명 중에 누가 웃고 있고
누가 울고 있는지 맞춰봐.
사패들은 이거 구분 못 한다네.

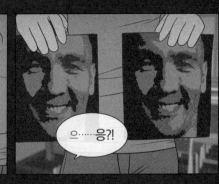

으……응?!

이거 둘 다…같은
표정 같은데…… 맞지?
아닌가? 맞지?!

당연히 같은
사진이지 ㅆ악ㅋㅋ

뭐 진짜로
낚이냨ㅋㅋㅋ

걱정 마. 싸패들은
매력적이라는데 넌
매력 X도 없으니까ㅋ

궁금해져 찾아봤었다.
사이코패스들은 왜 그렇게 매력적인가.

많이 힘들지?
같이 한대 피자.

감정의 교환을 하지 않기 때문이라 했다.
타인을 인간이 아닌 도구로 보기 때문에,
도구와는 감정을 교류할 이유가 없기 때문이라 했다.

너희지? 니들이
1층 습격했지?
이 비겁한 새X들아!

그러니, 철저히 상대가 원하는 말과
행동만 보여줄 수 있다. 아무런 죄책감 없이
거짓 언행으로 자신을 꾸며낼 수 있다고 했다.

내 쓰레기 못 받아
준 거? 괜찮아 괜찮아.

도시락 양보해준 빚,
이걸로 갚은 거다?

그렇기에 그들은 누구보다 매력적이고
그 매력을 앞세워 사람을 복속시키고

많이 아픈 딸이 있어…
나… 딸을 위해 모든 걸 희생할
각오가 되어 있어……

마침내 이용이 끝나면
미련 없이 버린다.

그런데……
니들.

본적 있어?
내 딸?

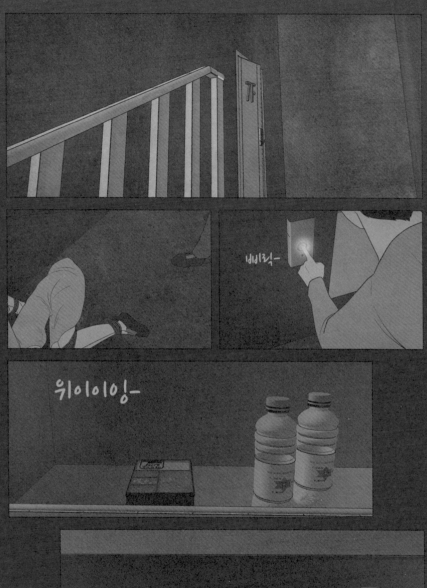

이 작전의 첫 번째 핵심은
2층 스스로 수면제를 마시게 하는 것.

이 작전의 두 번째 핵심은
구매로 시간이 차감된 걸 발견하기 전에
2층 스스로 수면제를 마시게 하는 것.

이 두 가지 핵심을
만족시키기 위해서는

식사 시간을
이용하면 돼요.

다행히 식사는 모두
모여서 하니까.

식사가 시작되면 적당한
피,핑계를 대고 광장으로
내려가 수면제를 사세요

곧
만찬이 시작된다.

초조하다.
너무나 초조해 초조사 할 것만 같다.

후아-

후아-

후아-

파후아-

오늘 작전의 성패에 따라
2층 입장에서 최후의 만찬이 될지
우리 입장에서 최후의 만찬이 될지가 정해지니.

시X…쫄려
뒤지겠네 진짜……

물은 미리 3통만 남겨놨다.
그리고 그중 한 통에

'표식'을 남겼다.

눈에 띄지도 않고 띈다 해도 별 의심 안 받을,
하지만 치명적인 정보를 담은, 아니 담을, '표식'을.

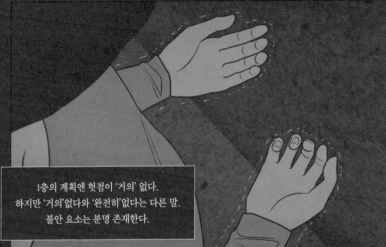

1층의 계획엔 헛점이 '거의' 없다.
하지만 '거의'없다와 '완전히'없다는 다른 말.
불안 요소는 분명 존재한다.

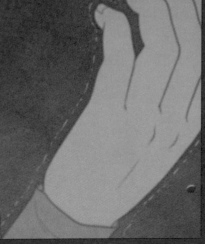

바로 나. 내가 가장 큰 불안 요소.
숙련도가 낮아, 겁에 질려,
겁에 질리는 바람에 숙련도가 더욱 낮아져.

바들바들-

삭-

삐빅

이딴 결말이 난다면.
끝이다. 다 끝이다.
알기에 더 무겁다. 더 두렵다.

숙.

두려움을 떨치기 위해
반복 반복 또 반복 또 반복 또또 반복해
이미지 트레이닝을 한다.

지금 내가 할 수 있는 일은 이것뿐.

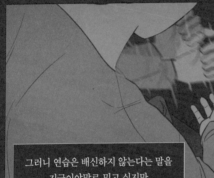  

그러니 연습은 배신하지 않는다는 말을
지금이야말로 믿고 싶지만

하늘 아래 그 어디에
배신 안 하는 게 있기나 한가?

…라는 의심이
못내 떨쳐지지 않는다.

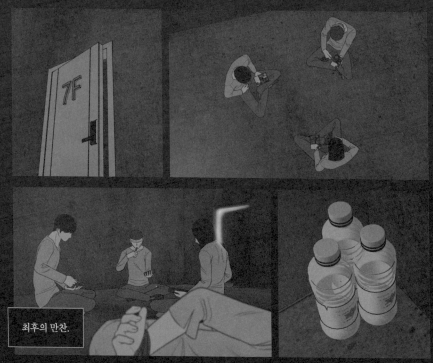

최후의 만찬.

누구 입장에서 최후인지는 아직 정해지지 않았지만
어떤 식이든 최후는 목전에.

내일이면 다
끝날 테니

이게 여기서 하는
'마지막 식사'네요···

아, 네. 그렇죠…
마지막……

신호가 왔다.
'마지막 식사'가
시작의 신호.

아윽!*

우엉!**

*쌍떡잎식물 아욱목 아욱과의 한해살이풀
**쌍떡잎식물 초롱꽃목 국화과의 두해살이풀

저 갑자기 배가 아파서…
그… 후딱 싸고 올게윱…

밥 먹는데 똥
얘기 하고 있어. 걍
조용히 갔다 오지.

231

죄, 죄송읍!

호닥닥-

차분하지만
신속하게.

신속하지만
정확하게.

목표를 향해
직진.

삐비익-

그런데, 소리는요?

수면제 살 때 배송구
동작음 들리지 않을까요?

그 점은 걱정
안 해도 될 것 같아요.

광장 배송구는 방 배송구와는
이어져 있지 않으니까요.

그리고 다시 말씀
드리지만, 제가 꾸준히 주의를
돌리고 있을 거예요.

쇼핑 목록은

수면제, 주사기,
로프 사겠습니다.

수면제는……경구용.
액상으로요. 여하튼 즉효,
즉발, 쎈 걸로 주세요.

상표명도 성분명도 모른다.
하지만 전혀 상관 없다.
오퍼는 이 정도 디테일로도 충분하다

스턴건이요 발사되는거.
여튼 짱 쎈 걸로요.

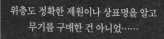

위층도 정확한 제원이나 상표명을 알고
무기를 구매한 건 아니었……

아무의 허락도 구하지 않고
누구의 감시도 받지 않고
어떤 것이든 살 수 있는.

기회가.
자유구매의 기회가.
내게 주어진 거 아닌가?

하늘이 내린 이 기회를.
그냥 흘려보낼 이유가……

# 파이 게임

## PIE GAME

### #41

---

"배신"

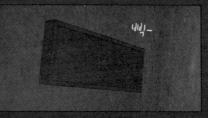

삐빅—

삐비릭—

수면제와 주사기와 로프,
그리고 +알파
구매금의 계산서를 받았다.

56분이면… 대충
15만 원 정도 쓴건가…

이젠 되돌릴 수 없다.
엎질러지고 저질러진 물이다.

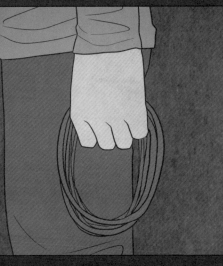

잔여 시간이 줄어든 걸
2층이 확인하기 전에
승부를 봐야 한다.
태우고 먹이고 재워야 한다.

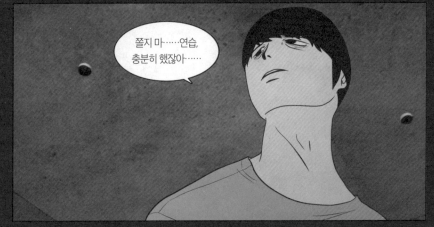

쫄지 마……연습,
충분히 했잖아……

비록 실물도 실재도 없이 허공 시뮬레이션만 줄창 해댄

이딴 느낌의 공허스런 연습이었지만.

믿어야 한다. 이거라도. 이거라도 해낸 나 자신을.
믿어야 한다.

연습대로.
연습했던 대로만.

精神一到

何事不成!

해냈다.

연습의 승리다.
작전은 구부 능선을 넘었다. 남은 언덕은 더 쉽다.

여기 물요

아, 감사합니다.

2층 님도
받으세요.

고마워.

시간 경과를 표현
하는 공백입니다.

만찬이 끝나간다.
코스의 마지막은 달달한 디저트 와인……
은 아니지만, 포근한 수면수는 준비했다.

후우.
잘 먹었다.

정성들여 준비했으니. 2층 님.
시원하게 한 모금. 2층 님.
꿀꺽 들이켜 주ㅅ……

그럼 쉬어.
광장에 있을 테니
뭔 일 있음 부르고

물은?
왜, 물을?

안 마셔? 뻑뻑한 도시락을
국도 없이 먹어놓고,
시원한 생수, 안 마셔?

안된다. 엿된다. 붙잡아야 한다.
어떻게든 시간을 벌어야 한다.

자, 잠깐만요
2층 님!

응? 왜.

대답할 방법이 없다. 용건이 있어서 부른 게 아니니까.
아니, 용건은 있지만 내용이 없으니까.

아.그.그러니까.
뭐.그.그그그……

아그뭐그그그그그?

내려가 잔여 시간을 체크하면
모든 게 끝장이다.

꺼내야 하나?
지금이 바로 그때인가?

혹시 몰라 꿍쳐놨던
최후의 종말의
궁극의 병기를……

3층 님, 제가 대신
말씀드릴게요.

2층 님, 게임 끝내기
전에 꼭 이야기 드려야
할 게 있어요.

됐다. 또 나왔다.
환상의 티키타카.

언제나 위기가 닥쳐오면

언제나 의도를 파악해
어시스트가 들어온다.

중요한
이야기야?

살았다. 사지로 떨어지는걸 1층이
먹살잡고 끌어올렸다. 그의 빛나는 기지로
**'시간을 벌었다.'**

하지만 끔찍한 건

타타타타타타ㅡ    ㅓ거거거거거거거(?)

**'시간을 벌다.'**
라는 표현이, 여기선 그저 관용적 표현이 아니란 것.

247

문자 그대로, 2층이 눈치채기 전에,
**'시간을 벌어야'**
한다는 것.

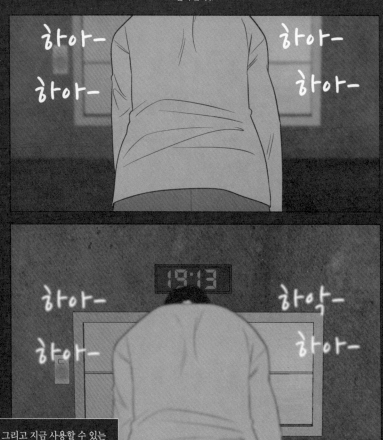

그리고 지금 사용할 수 있는
시간벌이 도구는

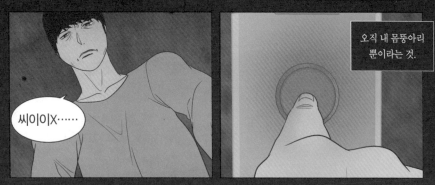

씨이이X……

오직 내 몸뚱아리
뿐이라는 것.

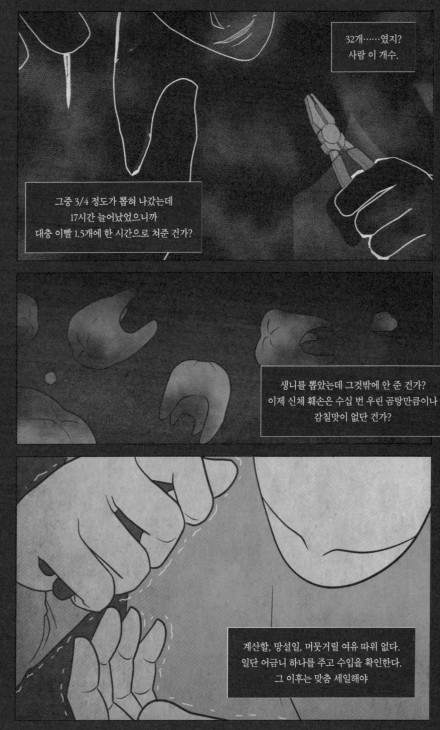

한다.

한다!

허어으어으어엉······

뿌드득-

아.

네……

잘…
됐네요……

맞나?
잘된 거?
맞겠지?

주륵-

직직-

당연히.

잘됐지!!!

이 한두 개 정돈
기쁜 맘으로 드릴수 있을 만큼.
당연히.

잘됐지!!!!!

상금을 둘이서
반띵 차지할 수 있으니,
당연히.

잘됐지!!!!!

총 상금은 무려 25억.
위 두 층 상금만 먹는다 해도 15억.
그러니 시X 당연히,

# 좋됐쳐이이!!!!!

고맙……
습니다…

고맙다. 진심으로 감사한다.
다들 못된짓거리 해대고
배신짓거리 해준 덕분에
생각지도 못한 거액을 벌게 됐으니.

아무리 감사인사를 올려도
모자랄 지경이다.

끼이익ㅡ

165,100,000

1억 6천 5백만 원.

워낙 큰돈이 오가는 게임인지라 숫자 개념이 망가져
별것 아닌 금액처럼 보일지 몰라도. 사실 엄청나게 큰돈이다.

68일에 1억 6천이니,
하루 240만 원을 번 꼴.
일당으로 따져봐도 말도 안 되는 액수다.

256

하지만 만족스럽지 않았겠지.
만족은커녕 나날이 불만(족)만 커져 갔겠지.
내 일당 240만 원이 많다 해도
쟤 일당 1,400만 원이 훨씬 더 많으니까.

그걸 견딜 수 없었던 거겠지.
하긴 그걸 견뎌낼 인간이 몇 명이나 있겠어.

인간이 만물의 영장이 된 결정적인 이유가
바로 만족의 상한선이 없는 존재기 때문……

야!

언제
데려갈 거야?

뭐, 뭐야. 깼나?
설마, 벌써 약효가 떨어졌나?

알잖아… 나…
개털 날리는 거
싫어하는…거…

아니다.
깨어난 게 아니다.

휴우우우우우우ㅡ

다행히, 잠꼬대다.
하긴, 잠들었으니
잠꼬대할 수도 있지.

돈이…그렇게 탐났어요?
우리 내치고 혼자, 진짜, 혼자만
상금 독차지하려 한 거예요?

의미 없는 질문이었다.
그냥, 물어보고 싶었다.
그냥, 알아보고 싶었다.

그래서 카드…
숨긴 거예요? 한 장도
양보 안 하고, 전부 다?

그리고 그냥,
측은해 보였다.

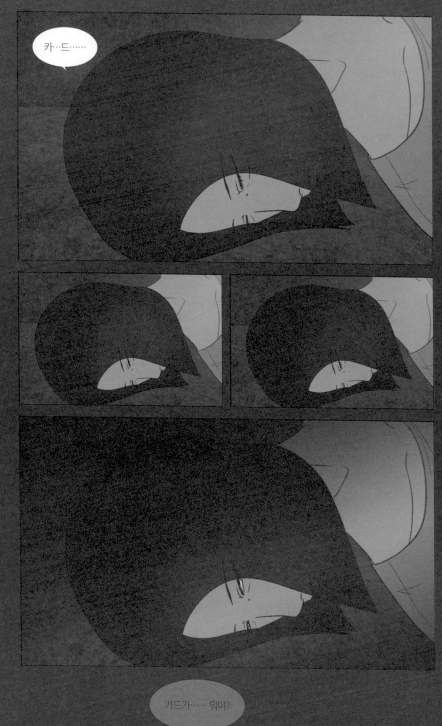

# 파이게임
## P I E  G A M E

### #42

"배신의 배신"

카…드?

카드가… 뭐야?

뭐지. 저 대답…아니, 저 잠꼬대는.
카드가 뭐냐니. 그건 당신이 제일 잘 알잖아.

7F 바꾸거나 2F

2F 먹어치우거나 6F 7F 5F

그걸 아니까 몰래몰래 모은 거잖아.
최후의 한탕을 위해 견디고 살렸던 거잖아.
2층. 바로 당신이.

그런데, 뭐냐니? 오히려 내가 묻고 싶다.
그런 대답이 나온 이유가 뭔데?

아냐.

아니. 아직이다. 아무것도다. 속단하지 말자.
저 잠꼬대조차 거짓일 수 있다. 어떤 가능성도 배제해선 안 된다.

왜 안 믿어?

난 네 편인데.

게임 내내 거짓말만 해왔다면, 그 거짓을 진실이라 믿을 정도로
하염없이 끊임없이 주구장창 거짓말만 해왔다면.
꿈에서조차 거짓 대답을 할 수도 있겠지.

이제 믿어?

난 내 편인데.

하지만. 못내 마음에 걸리는 게 있다.

263

オ! 이게 이번에 개발한 자백제인가? 작용기전은 어떻게 되나?

내가 아는 상식으로는, '자백제'는 뭔가 신기신묘한 약물이 아니란것

그냥 좀 '쎈' 진정제 인데요? 머리 멍하게 해서 거짓말 못하게 하는.

그러니, 2층이 마신 '강한' 수면제도 같은 작용을 해야 하지 않나? 라는 의심이 사라지지 않는다.

혹시…… 진짜 모르는 거 아냐?

카드가 뭔지…

정말 모르는 거라면.

264

2층의 무의식이 답해준 게
혹시 진실이라면.

그렇다면.

선택해야 한다.

느, 늦어서 죄송해요.

이것저것 준비할 게 많아서……

괜찮습니다. 아무 일 없었으니까.

그럼 이거, 2층 님 머리에 좀……

직접 하시겠어요? 지켜보고 있었더니 피곤해서.

네. 그게
낫겠네요…

누구를 믿어야 할지
를 고민했다.

1층과 2층 둘 중 누구를 믿느냐에 따라
많은 것이 바뀔 테니까.

아니.
모든 게 바뀔 테니까.

하지만 이내 그럴 필요가 없다는 걸 깨달았다.

더 좋은 방법이 있다는 걸
깨달았다.

다 끝나셨어요?

네. 거의요
이것만 마무리하면…

수고하셨어요 그거
끝내는 대로 반대편
벽에 붙어 서세요.

네? 그게 무슨
말……

!

지금 상황에서의
최선의 판단은

둘 중
누구도 선택하지 않는 것이다.

3층 님? 지, 지금 뭐하시는
거예요? 그건 또 언제……

샀어. 혹시나 해서
대비용으로 이렇게 쓰일 줄은
나도 예상 못 했지만.

벽으로 붙어 서.
이거 우습게 보다간
이마에 구멍 뚫려.

나, 이 무기
숙련자라고

이야. 재수.

2층 님. 문 열어 두고 나갔네?

다행이에요. 방문 열려 있어서.

네. 전에도 열고 다니더라구요

방 안에 그 중요한 걸 숨겨놓고
문단속을 그렇게 허술하게 한다고?

뭐해? 내방에서?

본인 방에서 얼쩡거리는 걸 봤으면서
카드가 무사한지 체크 한 번을 안 했다고?

이상해. 말이 안 돼.
네가 생각해도 그렇지?

271

오히려, 손빠른 누군가가
거기 숨겨놨을 거라 의심하는 게,

그 카드를 미끼로 2층
제거를 기획했다고 의심하는 게
더 합당한 추리 아니냐고.

……그거, 방심 유도한 거예요.
대놓고 열려 있으면 주,중요한
물건이 있을 거라 생각 못하니까.

카드 없어진 것도 눈치 챘을 수
있죠. 하지만 바로 티 낼 수는 없었을
거예요. 역공 대비가 먼저였을 테니.

그래서 우리가 서둘러 움직인 거라 주장했다.
선수 치이기 전에 선수를 친 거라 항변했다.

지금 3층 님이 하고 있는
그 의심…… 왜 역으로는
해보지 않는거죠?

그 카드가 다른 층 돈을 뺏어올 수
있는, 그렇게 중요한 카드라면.

7

1

2

6

3

5

4

제가 어째서 2층 님 방에 숨겼
겠어요? 하필 제일 강한.

2층 본인이 발견하지 않으리란
보장은 어디에도 없는데!

2F

발견됐을때 다시 빼, 뺏어올 수
있으리란 보장은 더더욱 없는데!

왜 거기다 숨길
생각을 하겠냐구요!!

일리 있는 항변이다.
하나하나. 모두 다.
하지만 잊어선 안 된다.

273

우연이 겹쳐진 진실보다
의도로 짜깁기한 거짓이
더욱 진실처럼 보인다는 걸.

제발… 3층 님, 제발…
저, 상금 다 포기할 테니…
제발…그만 좀…

둘 다 밀봉해버리고
상금을 독차지하는 것도 방법 중 하나지만.

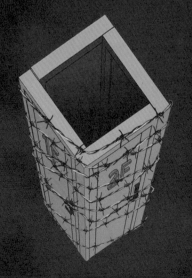

그렇게 하는 건 메스꺼워 못 견디겠다.
그렇게 혐오했던 인간들이 해오던 짓거릴
똑같이 답습하는 역겨운 짓거리는 차마……

알겠어요

더이상 설득하려 안할 테니.
그냥…… 묶으세요

뭐?

제가 차, 착각했어요. 설득할 수 있을 거라고 진실을 말하면 알아줄 거라고…… 근데… 애초에 그런 게 아니었네요.

그냥……처음부터 3층 님은.

혼자 상금 차지하고 싶었던 거였네요.

하지만 명분 없이 차지 하는 죄책감을 감당하긴 싫으 니까, 그렇게 악착같이, 모두를 악인으로 만드려고……

넘겨짚지 마! 그런 인간 아니라고 난!

넘겨짚고 있는
사람은…… 제가 아니라
3층 님이잖아요

그런……건가?

시끄러워요… 아저씨…
잠 좀…… 쿠울…

괜한 사람을 의심하고 있는 건가?
아니 어쩌면 난,
괜히, 굳이, 의심하고 싶은 게 아닐까?

1층의 말대로, 이 의심이 맞아야 죄책감 없이
돈을 차지할 수 있으니, 제발 저 사람들이 나쁜
사람들이길 내심 바라고 있는 게 아닐까?

이거시

10억짜리
카드

돈에 미친 위층을 욕했었지만
나 또한 카드를 발견한 순간
눈이 돌아가

홀린듯 카드를
훔쳐나온 게 사실이니……

무언가에 홀린듯……

카드를……

훔ㅊ………

훔친카드

2층에서
3층으로

응?
잠깐. 그래. 분명.
2층에서 훔쳐 내 방으로 가져갔다.
그런데.
어?!
시간은?
그거… 내가 2층에서
발견한 카드들…
가짜다.
그거, 진짜가
아니야. 그렇지?
확신한다. 가짜다.
2층에서 발견한 카드는.
확실하다. 원본이 아니다.

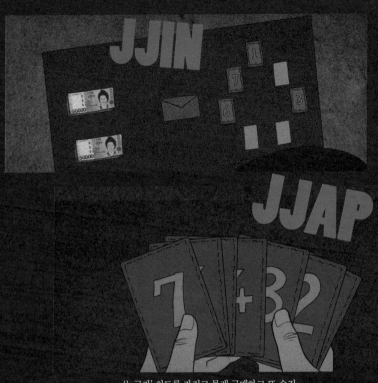

'누군가' 의도를 가지고 몰래 구매하고 또 숨긴
가짜 카드다. 증거는 명백하다.

2층 님이 카드를 얻을 수 있는
루트는 배송구가 유일해.

그리고, 배송구를 통해
받은 어떠한 물건이라도 방
밖으로 들고 나가면 시간
차감되는 거, 너도 알 거야.

위층에서 쓰레기와 함께
내린 걸 모으는 수밖에 없어.

그런데 이 카드, 내가
2층에서 들고 나왔는데도
시간 차감이 안 됐어.

당연하지. 이건 게임 시작때
받았던 카드가 아니니까. 광장에서
'누군가' 구매한 가짜 카드니까.

반……

반쯤 맞았어요!

정확히 말씀드리자면,
'그게 더 안전할 것 같아서'가 아니라.
'그게 더 재미있을 것 같아서'예요

아시잖아요?
재미가 곧 돈이니까!

이번에는……
아니, 이번에야말로
내 추측이 틀리기를 바랐지만.

훌륭한
추리였어요!

아니었다.
역시 그랬었다.
1층은.
나를.
또 모두를.
가지고 놀고 있었다.

이야 역시……
방심할 수가 없네요

강 우유부단한 어중이떠중이
처럼 보였는데… 역시 머니게임의
생존자. 그냥 대가리 수 채우기
용은 아니었어요

그는 더이상 말을 더듬지 않는다.
모두 연기였고, 연기를 끝냈다.

그래서 너무 재밌었어요
이 게임.

우두둑-

3층 님도 그렇게
생각하시죠?

그리고
그가 연기를 그만둔 이유는.
오래 숨겼던 진짜 모습을 드러낸 이유는.

늦어서 죄송해요
이것저것 준비할 게
많아서…

당연히.

당연히.

끼이이이익-

당연히.

# 파이게임
## PIE GAME

### #43

"지나고 나니 비로소 보이는 것들"

언더도그마.
라는 말이 있어요.

약자에게 가지는 비이성적
동정을 뜻하는 말로서

underdog(약자) + dogma(독단)

= 언더도그마 (undergoguma)

쉽게 설명하자면 강자(부자)는
악하고 약자(빈자)는 선할 것이다.
라고 믿는 심리를 뜻하죠.

용어는 낯설지만 개념이
낯설지는 않죠? 약자를 향한 동정은
일반적인 측은지심이니까.

계층에서의 대표적 약자인
빈곤층, 노년층, 장애인 등의 복지를
위해 세금을 투입하는 것도

이같은 사회적 합의를
바탕으로 행해지는 것이구요.

언제부터?

어디까지?

대체 언제부터 거짓이었던 거지?
대체 어디까지가 거짓이라는 거지?

들었나 보네요. 머리
맞으면 위험하단 거.

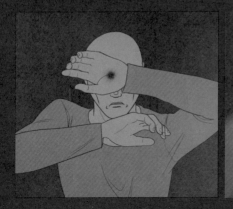

3일 후.
게임 시작 71일째.

당연히

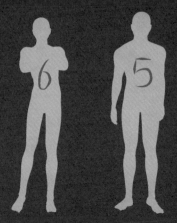

이 세 명이 동맹이라 생각했었다.
그렇게 판단했었다.
누구라도 그랬을 것이다.

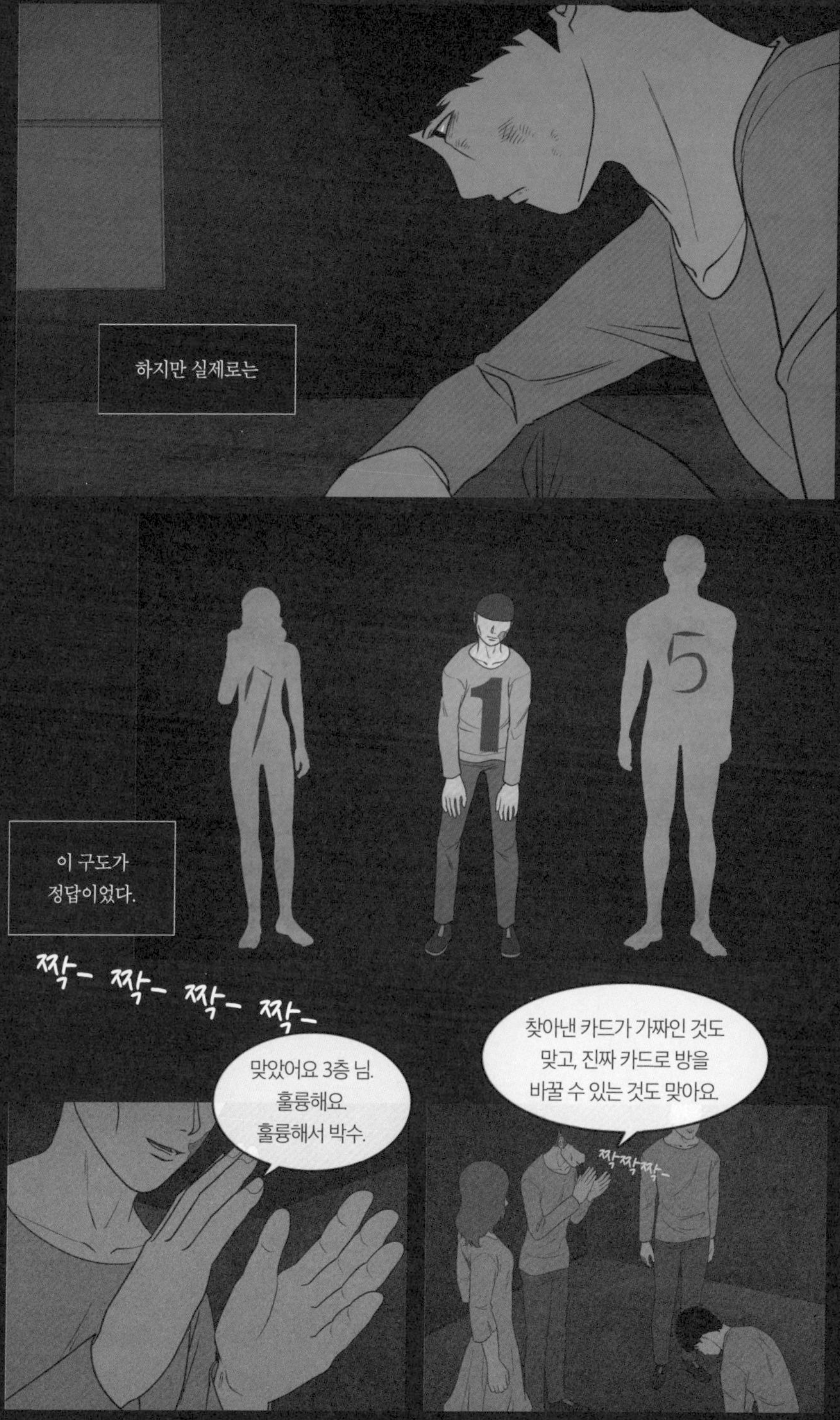

하지만 실제로는

이 구도가
정답이었다.

짝- 짝- 짝- 짝-

맞았어요 3층 님.
훌륭해요
훌륭해서 박수.

찾아낸 카드가 가짜인 것도
맞고, 진짜 카드로 방을
바꿀 수 있는 것도 맞아요

짝짝짝-

카드를 들고 해당 숫자의
방에 지문을 인식시키면, 원래
주인과 방이 서로 바뀌는 거죠

그 증거로 6층은. 이제.

516,200,000

▼

147,480,000

1F

1층이 됐다.

1층은. 그러니까, 신 1층이 아니라 구 1층은.
카드의 정체와 용도를 가장 먼저 눈치챈 인간.

그러니 회유는 쉬웠을 것이다.
돈을 벌러 온 그들에게
더 많은 돈을 약속하면 그만이었을 것이다.

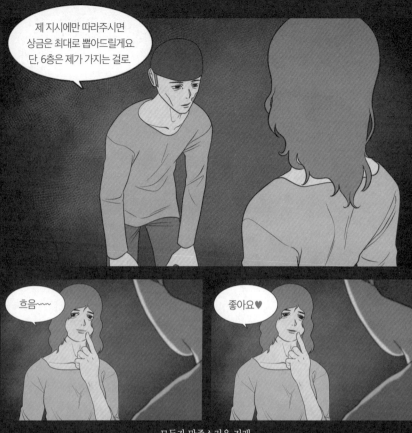

제 지시에만 따라주시면
상금은 최대로 뽑아드릴게요
단, 6층은 제가 가지는 걸로.

흐음~~~

좋아요♥

모두가 만족스러운 거래.
적어도 그들끼리는 만족스러운 카르텔.

깨닫고 나니 모든 게 뚜렷해진다.
1층의 말. 행동. 하나하나가.
뚜렷한 복선이었다.

아, 안녕하세요?

절뚝-

단 한 순간도, 한 스탭도,
짜여지지 않은 씬이 없었다.
모든 게 1층의 각본대로였다.

저는, 1층에
있습니다.

성대한 테이프 커팅식 후 그가 가장 먼저 착수한 기초공사는,
모두의 시선이 위로 향하게 하는 것.

도시락, 저 원래 하루
한 끼만 먹어요.

처음은 물리적
시선을 뺏고
그 다음은.

도시락 남은 거?
버렸는데요?

옷 사주면
알려줄게요.

시간 늘어나는 방법.

전 이대로 게임 끝나도 상관없어요.

그래, 그 다음은.
감정적 시선을 빼앗았다.

그렇게 모든 어그로를 최상층 7층에게 집중시킨 뒤 1층는 시야에서 사라졌다.

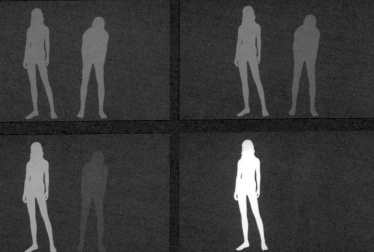

그 후로, 아무도 그를 주목하지 않았다.
어떤 행동을 해도 배경화면이었고 어떤 말은 해도 배경음악이었다.

시간 늘어나는 방법······

뭐였더라?
(1층한테들었는데까먹음)

7층 님 마,말씀이
뭘 뜻하는지···

저, 알것 같아요.

7층은 1층의 스피커일 뿐이었다.
그가 할 말을 대신 해주고 있었지만 누구도 눈치채지 못했다.

뭔가 잘못하고 있는 거
아닐까요? 땀으로는 더이상
시간 안 느는 것 같은데.

같은 시간 들여 물건
사는 거라면, 위층이 돈 더
많이 쓰는 거잖아요.

차라리 5층 님, 2층 님, 둘이 싸우는건 어때요?

이상하게 가끔씩 날카로운 통찰을 보이는데? 정도로만 가벼이 여기고 지나갔다. 왜냐하면,

그 편이 더 '재미있을 것' 같은데.

시선 분산시키는 거, 제가…아니, 마술사가 가장 잘하는 일이거든요

그게 그가 가장 잘하는 일이니까.

다음 포섭 후보 또한 당연히 위층 중 한 명이었을 것이다.

6

5

하지만 6층을 포섭하는 건 관두었을 거다.

저랑 같이 시간 벌러 가실래요? 나 많이 참았는데.

사양하겠습니다. 저는 아내가 있습니다.

6층은 남에게 부려질 캐릭터가 아니었으니.
그러니 7층의 합방 제안은 마지막 떠보기 정도였을 가능성이 크다.

그럼…
누구랑 가지?

앗 ㅎ ㅎ

내정자는 이미 있었다.

나… 나는 안 돼요?
시키는 거 다 할게요

좋아요!

1층은 '위층 포섭' 서브 퀘를 챙기는 와중에도
메인 퀘 또한 착실히 진행시키고 있었다.

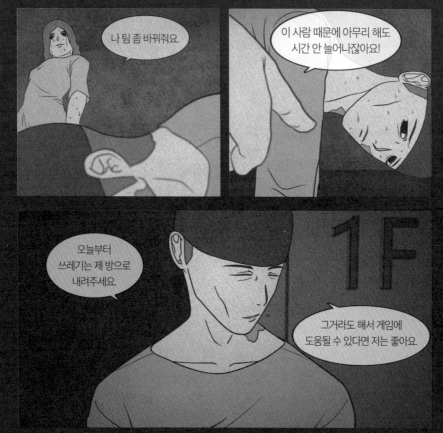

나 팀 좀 바꿔줘요.

이 사람 때문에 아무리 해도
시간 안 늘어나잖아요!

오늘부터
쓰레기는 제 방으로
내려주세요.

그거라도 해서 게임에
도움될 수 있다면 저는 좋아요.

그의 첫 번째 메인 퀘스트는
7,5층을 제외한 전층의 카드를 모으는 것.

쓰레기, 저한테 주세요
그렇게 해주셔야 제 맘이
편할 것 같아요…

저 대신 전기충격기 맞아
주셔서 고,고마워요 3층 님.

미리 카드를 선점해 놓으면
누군가 카드의 용도를 깨닫는다 해도 아무 짓도 못할 테니.

그의 두 번째 메인퀘는
게임이 끝나지 않도록
컨트롤하는 것.

꽈아아악_

게임, 여기까지만
하고 끝내자. 누구 하나
죽어나기 전에.

나 어린 딸이
있거든. 많이 아픈……

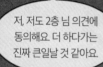

저, 저도 2층 님 의견에
동의해요. 더 하다가는
진짜 큰일날 것 같아요.

게임이 존폐의 기로에 서면
언제나. 어김없이.

밤에 오라구요?
1층 님 방에?
왜요?

스윙 연습 좀
하시라구요 각목은
준비해뒀어요

어김없이
그의 공작 능력이
빛을 발했다.

!!!

이러면 우리가 쫄아서
게임 못 끝낼 거라 생각했어?

난 빠지겠어.
미친 인간들이랑은
더는 같이 못해.

흐으음……

이 일련의 공작 활동에서 1층이 가장 선호한 무기는

약물.

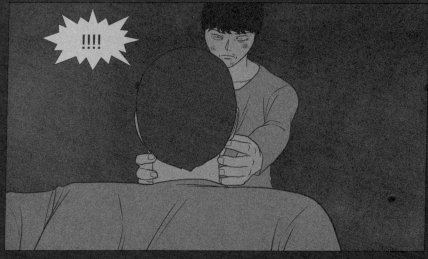

!!!!

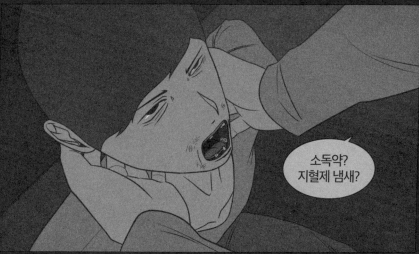

소독약?
지혈제 냄새?

약물로 살려 게임을 유지하고
약물로 재워 게임을 유지했다

수면제를 타는 거예요.
2호님 무, 물에.

다친 사자보다는
잠든 사자가 제압하기
쉬우니까요.

한번쯤 의심해봤을 법하지만
한번도 그러지 못한 이유는.

아래층 해방을
기획하고 성공시킨 게
1층. 바로 그였기 때문.

하지만 입모아 칭송했던 이 공훈은
그저 게임 지속을 위한 플랜이었을 뿐.
우린 플랜의 장기말에 불과했을 뿐.

내 말이 틀렸다면
증명해봐!

헛소리한 대가로 양팔
내놓을 테니까!

그렇게는 못합니다.
과다 출혈로 죽으면
게임 끝나니까.

310

그 '때'란 다름 아닌. 6층의 사용 기한이 만료되었을 때.
6층에게 맡겨도 더이상 시간을
벌지 못할 거란 확신이 들었을 때.

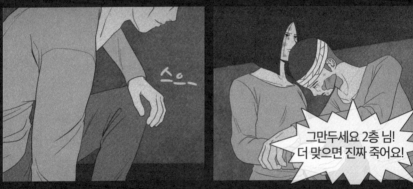

그만두세요 2층 님!
더 맞으면 진짜 죽어요!

모든 게 이같은 맥락.
그가 내뱉은 대사. 그가 취했던 행동.
모두 다 같은 맥락.

그냥 굶어 뒈지게
내버려둘까…

그렇게 하면 속은
시원하겠지만……

그것도 간접 사,살인
인 건 변함없으니까요

311

단 하나도 빠짐없이.
모조리. 전부. 다.

차라리 오늘밤 게임 끝내버리는 건
어때요? 어차피 끝난 거, 2층 님도 더는
우릴 해할 이유가 없지 않을까요?

절대 안 돼요. 6층 님은 말뿐인
협박이었지만, 2층 님은…
진짜로 우리를 죽일 수도……

오직 게임의 유지를 위한.
오직 상금을 불리기 위한.
철두철미한.
기만.

순수한 '악'의 존재를
여기서 목격하게
될 줄은 몰랐다.

ㅋ 으디 돈을
사람 따위와.

드라마나 영화에서만 봤던,
만들어진, 가공의 인물인 줄만 알았던,
순수 악이.

진짜로 존재하고 있을 줄은.
심지어 같은 공간에서,
바로 곁에서,
함께 숨쉬고 있었을 줄……

똑똑똑-

열어주세요 3층 님.

저희 왔어요

아⋯⋯
어⋯⋯⋯

3층 님. 그냥
열어주심 안 돼요?

묶고 고정하고 본드질
하고 어쩌고 하는 거, 서로
번거롭잖아요 그렇죠?

정중한 어투지만 당연히 부탁은 아니다.
'할것같은' 분위기만 조성했던
6층과는 다르다.

셋 셉니다? 셋 다
세면 큰일납니다?

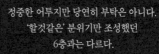

하나⋯두울⋯
네엣⋯⋯

저 사람은. 1층은.
진짜로 '할' 인간이다.

끼이이이이_

그러니 선택지는 없다.
어쩌면 게임 내내 그랬을 것이다.
'선택지가 있고 난 선택을 했다.'
라는 착각을 하고 있었을 것이다.

푹 쉬셨어요?
컨디션은 좀 어때요?

에이, 너무 그렇게
경계하지마세요.

좋은 소식 전해
드리러 왔으니까.

# 파이게임
## PIE GAME

### #44

"누구도 멈추지 않았으니"

스토리 전개를 위한 일부 자극적인
연출이 포함되어 있습니다.

똑똑똑-

계세요?

똑똑똑똑똑-

계세요오?

쾅쾅쾅쾅쾅-

아무도 안
계세요오오오~~?

에이씨 뭐야,
아침부터……

누구신데요!

철커덩-

엄훠 안녕하세요~~

좋~은 말씀 전해
드리러 왔어요

318

경험상
이 '좋은 말씀'이
정말로 좋았던 적은 한 번도 없다.

안 전하셔도
되니까 가세요!

쾅-

'좋은 소식'을
가지고 왔어요.

그것도 무려
세 가지나요

그러니
세 가지나 되는 좋은 소식은

세 배로 안 좋은 소식일 확률이 크다.

첫 번째 소식은…

스윽-

시간.

MAX

엄청 늘어났단 거예요

오래 정성 들인 끝에 마침내 수확했으니까요

N

무려 두 달에 걸쳐 씨를 뿌리고 거름을 주고 비바람을 막아냈으니.

그렇게 맺은 과실이니 맛있을 수밖에요 윗분들도 아주 맛있게 봐주셨구요

역시 좋은 소식이 아니었다. 그럴 리 없었다.
끝이 보였던 게임이었는데,
엔딩 크레딧까지 봤다 생각했던 게임인데,

대박!!!

아임커밍인줄 알았는데!

커밍순이었다구요?!

아니었다. 지금까진 그저 티저였다.
본편은 지금부터 시작일 것이다.

"절름발이가 범인이다."
아시죠?

가짜 빌런은 가라앉았고

전 진짜 절름발이란 게
좀 다르지만ㅋ

진짜 빌런이 떠올랐으니.

두 번째 좋은 소식은,

방 바꾸기 찬스가
생겼단 거예요.

운으로만 상금 정해지는거.
너무 불합리 하잖아요?

그래서, 게임 기여도에 따라 방을 바꿀수
있는 기회를 드리기로 했어요

위층을 드리는 건
힘들겠지만

한층이라도 더 올라가면
기분이 좋지 않겠어요?

언뜻 권력 상승의 기회이자
재력 상승의 기회로 보이지만.

사탕발림한 한겹 포장지를 까보면
저들이 내놓는 건 단 하나도 없다.

우리 상류층이 즐길 진미는 건드릴 생각 말고

니들 하류층끼리, 남은 찌꺼기를 두고
아귀다툼 하라는 뜻일 뿐이다.

PIE

그닥 기쁜 표정이 아니시네요.
희소식이 좀 약했나요?

하지만 세 번째는 진짜
좋은 소식이니까, 믿어주세요
실망하지 않으실 거예요

흐음······

그래! 마지막 건 직접
보시는 게 더 나을 것 같네요

···라며, 1층은 조금은 신난 듯한 발걸음으로
1층으로 날 데려갔다.

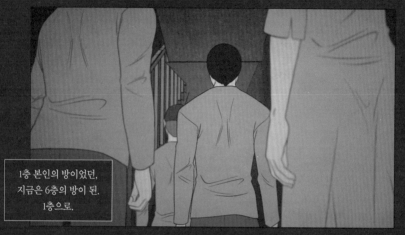

1층 본인의 방이었던,
지금은 6층의 방이 된.
1층으로.

자요 어서
확인해 보세요

문은 열려 있으니까.

뭘 보여주려는 건지
왜 저렇게 들뜬 건지 모르겠지만

불길하다.

꿀꺽-

끼이이이이—

앞서 들었던 두 개의 '좋은' 소식보다.
더 '좋은' 소식이 기다릴 것만 같은
불길한 예감이 든다.

저벅—

먼저 달려와 나를 반긴 건 냄새.
정체 모를 약품향이 뒤섞인. 역하고 강한.

응?

그리고 다음은, 시야에 들어온 어떤 물건.
투명한 비닐로 꽁꽁 둘러싼.
언뜻 음식물 쓰레기 같기도 한.

하지만 뭔지 확인되진 않는다.
아직 어둠에 눈이 익지 않았……

어.

물건이 아니었다.

내가
'무언가'라고 생각했던 건

사람이었다.
아니, 한때 '사람이었던 것'이었다.

한땀한땀 공들여 해체한.
결대로 쪼개지고 갈라진 6층이
간신히 숨만 붙은 채 진공 포장돼 있었다.

우붭ㅡ

잠들 듯 죽은 것도 아니고
죽은 듯 잠든 것도 아닌
그 가운데 어디쯤인 상태로 방치돼 있었다.

부웨에엑!

아!
안 돼요 3층 님!

빡세게 감염 막고 있는데……
그러다 6층 님 죽기라도
하면 책임지실 거예요?

여기 '사람'이었던 것이
두 개나 있다.

사람이었지만
형태를 잃어버린 것과.

사람이었지만
마음을 잃어버린 것.

여기에.

두 개나 있었다.

171,440,000

이게 가장 좋은,
세 번째 소식이에요.

최선을 다했어요.
그……다 쓴 치약 짜내듯,
최선을 다해 짜내 봤어요.

시간, 처음엔 그나마 늘어나는 듯하더니
어느 순간부터 추가 안 되더라구요.

사인이죠. 이젠 때리고 찌르고
자르는 건 식상하다, 라는 명백한 사인.

어때요. 좋은 소식
맞죠? 이제 3층 님 몸에 손댈
이유가 없어졌으니까.

그럼 쉬세요. 전
생각할 게 좀 있어서.

아, 그리고 부탁드릴게요.
여러분도 시간 늘일
방법 좀 고민해 주세요.

좋은 아이디어 주시면…
또 모르죠, 제 쪽에
들어올 수 있을지도.

사이코패스……

생명이 왜 생명을 해하면 안 되는지
그것이 왜 금지된 행위이며 고립될 행동인지
근본적인 이해가 불가능한 인간.

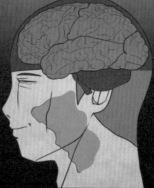

교육도, 설득도, 교화도
할 수 없는 인간.

왜냐하면, 그 '증상'은
정서의 결여 때문이 아닌
육체의 결손에 의한 것이기 때문에.

FATAL ERROR.
전두엽 기능 활성화에
실패했습니다.

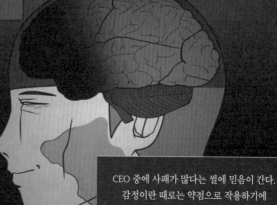

CEO 중에 사패가 많다는 썰에 믿음이 간다.
감정이란 때로는 약점으로 작용하기에
그것이 없는 그들은 더 냉철히 계획하고
냉정히 실행할 수 있을 테니.

아……

1층은 맨손이지만
당연히 무방비일 리는 없다.
당연히 극방비 했을 것이다.

물러서세요.
(쓰기 싫으니까.)

무기를 드러내는 건 엄연한 위협의 용도.
짖는 개.

덤벼보세요.
(죽여버릴테니까.)

무기를 숨긴 건 엄연한 살상의 용도.
무는 개는 짖지 않으니까.

1층 저 X끼.
분명 뭔가 감추고 있어.

숨긴 게 뭔지는 모르지만,
자신 있다는 거야. 어떤 상황이
발생하든 대처할 자신이.

또 하나 절망적인 요소는. 뭘 가지고 있는지 모르기 때문에
파훼할 전략조차 짤 수 없다는 것.

무서울 정도로 철두철미한 인간.
상대할 체급이 안 되니, 대적할 자신이 없으니,
투쟁의 의지조차 일어나지 않는다.
승리의 망상조차 펼쳐지지 않는다.

조금이라도 더
벌고 싶었으니까.

그래서 그랬던 것뿐이야.
누구도 멈추지 않았으니
누구의 책임도 아니야……

반드시.
라고 생각했다.

2층 님, 제가,
반드시……

그렇게 생각하고
그렇게 각오했다.

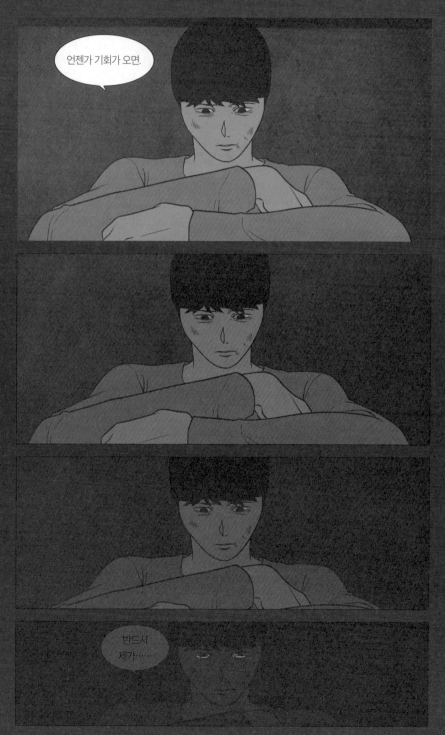

하지만
게임 시작 72일째.

쾅쾅쾅쾅~

아침.

쾅쾅쾅쾅쾅~

3층!!! 문 열어봐
3층!!!!

기회를 맞이할 겨를도
은혜를 갚을 겨를도 없이.

으…응?

어서 나와!
다 끝났어!

쾅쾅쾅~

끝났다.

게임 시작 72일째.
파이게임 종료.

# 파이게임
## PIE GAME

**#45**

---

"파이게임 종료?"

콰쾅콰쾅-

3층! 빨리 나오라니까!
게임 끝났다고!!!

뭐…라고?

잘못 들은 건가? 2층 님, 지금…
게임 끝났다고 한 거… 맞나? 아니면 혹시

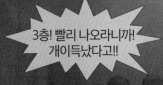

3층! 빨리 나오라니까!
개이득났다고!!

뭐 이딴 대사를
잘못 들은 건…

콰쾅콰쾅-

아 ㅅㅂ뭘 꾸물거려?!
빨리 튀어나오라니까!!

지, 지금 나가요!

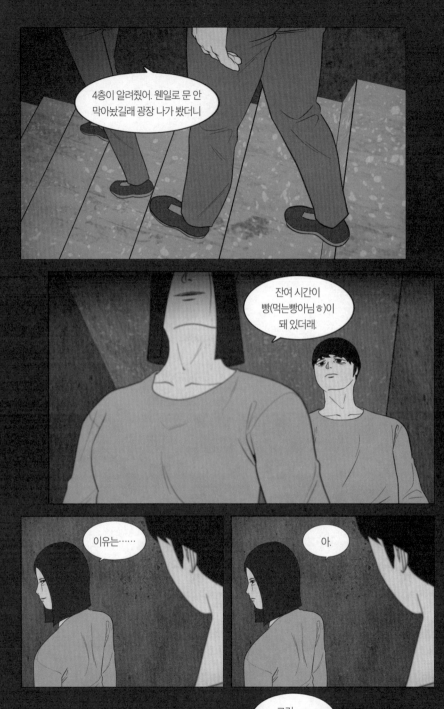

2층 님의 말은 사실이었다.
2층에게 전했던 4층 님의 말도 사실이었다.

게임의 잔여시간은

이 되어 있었다.

잔여시간이 0 이 되면
게임은 종료됩니다.

즉
게임은 종료됐다.

누군가는 기뻐하고

누군가는 아쉬워하고

하…

나는 어리둥절했지만

어쨌든 끝이다.
끝난 거다. 좋든 싫든,
갑작스럽든 어떻든.
끝. 정말로. 끝이다.

하하…

아하하…
하……

그리고, 2층이 직접 말하기 꺼렸던
'게임이 끝난 이유'는.

1F
(구 6층 방)

죽었다고 했다.
6층이 급사했다고 했다.

He tried to get a pie and became a meat pie.

347

이미 곤죽이 되어 있었으니,
숨만 간신히 붙어 있던 상태였으니
급사라는 표현이 그리 어울리는 건 아니지만

실수했습니다…

1층은 자신이 있었던 듯했다.
사람을 그 지경으로 만들고도
연명시킬 수 있을 거라는 자신이.

후처치 잘했다고 생각
했는데, 출혈도 감염도 잘
잡았다 생각했는데…

오만했네요. 게임 끝난 거,
제 불찰입니다. 용서 바랍니다.

미친 X끼……사람 죽여
놓고 저딴 말이 나와?

예로부터
싸패 대처법은
오직 한 가지뿐이었다.

다행히 우리는 도망치는 데 성공했다.

상금 따위는 신경도 쓰이지 않았다.
목숨이 붙어 있는 것만 해도 다행스런 일이다.

정문 열려 있나
확인해볼게.

확인.
그렇지.
확인해봐야지.

잠깐만요 2층 님!

확인해
봐야……

직접 확인하신 거예요?
6층 님… 그… 죽었단 거.

응? 아니. 내가
한 게 아니라

제가 했어요!!

그런가? 끝났으니까 끈 건가? 이미 끝난 게임, 전기세라도 아끼는 건가?
쓸 때는 화끈하게 쓰지만 아낄 땐 악착같이 아낀다.
변치않는 부자의 비결. 뭐 그런 건가?

아니면, 그거 때문 아닐까요?

응?

절뚝-

그러니까, 이거 때문 아니냐… 말이죠

뭐지? 뭔데?
지금 뭐하는 거……

짜아아악-

가짜로 때려붙인 거라서.
그랬던 거.

미친.

하하.
아하핳핳.

아하하하하하하핫!!!!

저 인간도.
이 상황도.
모두.

미친!

아, 간만에 진심으로 웃었네요.
뭐 시간은 별로 안 늘었지만
실컷 웃었으니 만족해요.

**00:00**

이 아니었다.

그럼, 몰카 아이디어를
제공해 주신 4층 님께
큰 박수 부탁드립니다!

한때 그 근처까지 갔던 잔여시간은
임종이 임박했던 파이게임은
다시 열흘도 넘는 잔고가 채워져 있었다.

쩍ㅡ쩍ㅡ쩍ㅡ쩍ㅡ쩍ㅡ쩍ㅡ쩍ㅡ쩍ㅡ쩍

이 방의 주인은 그러기로 결정한 거다.

여러분도 시간늘일 방법
좀 고민해 주세요 혹시 알아요?
제 쪽에 붙을 수 있을지.

층과 돈과 안전을 확보하기 위해
그의 요청에 응하기로 결정한 거다.

생각을 좀
해봤는데……요

몰카… 해보면 어떨까요
주최 측분들도 이런 건
못 보셨을 것 같은데……

공들여 짠 계획 치고는
수확이 소소했지만,
1층의 충성도 테스트를 통과하기엔
충분했던 것 같다.

2층은 맹렬히 분노했지만
분노가 행동으로 이어지진 않았다.

와 2층 님 그렇게 안봤는데,
피도 눈물도 없는 분이셨네.

분노를 행동으로 옮기지 못한 이유는,
1층의 표정이
너무나 여유로웠기 때문일 것이다.

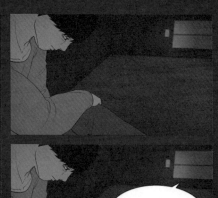

여러분은, 생각
해본 적 있습니까?

단 한번이라도.
진지하게.

저 말도 안 되게 비싼 아파트는,
으리으리한 건물은, 어떻게 사는 걸까?

저 수십억짜리 집은,
수백억짜리 건물은, 대체
누가 어떻게 사는 걸까?

월급 몇백 받는 걸로는 한 달
생활하기에도 빠듯한데, 아끼고
아껴도 수십 남기는 게 고작인데

그런 생각, 한번이라도
진지하게 해본 적 있냐구요

뻔하잖아요. 부자들이에요.
부자들이랑, 그 부자들의 자식.
금수저들이 사는 거예요.

자, 그렇다면 다시.
그들은 어떻게 부자가 됐을까?

언제, 어디서 '부'를 시작했을까?
이게 이야기의 핵심이에요.

알고 싶어요?

도전자 중 '일부'가
쟁취하는 거예요.

사업이든, 주식이든, 코인이든,
심지어 범죄든. 내가 가진 모든 걸
판돈으로 걸고 뛰어든 도전자 중에서

'일부'가 쟁취하고
'영원히' 대물림하게 돼요.

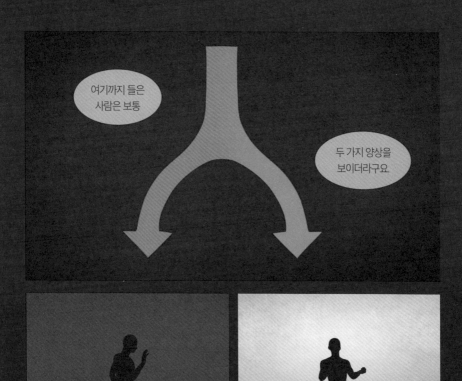

여기까지 들은
사람은 보통

두 가지 양상을
보이더라구요

일부만 성공한다고?
그럼 대부분 실패한단 거잖아.
그런 모험은 못해.

일부만 성공한다고?
그래도 일부 안에 들면 리턴이
어마어마하잖아. 걸어볼 만한데?

4층 님과 대화해보며 느꼈어요.
아, 이 사람은 리스크를 짊어질
각오가 된 사람이구나.
가진 모든 걸 걸 사람이구나.

마침내 도달할 수 있는 곳이
바로 이곳이라 했다.
이곳이지만 높이가 다른.

좋은 기회잖아요 주최 측
분들이, 우리 같은 확정 노예들도
딛고 일어설 수 있도록

사다리를, 계단을, 기회를
제공해 주셨잖아요.

그러니까 포기하기 마세요.
발버둥치세요. 그런 미적지근한
삶의 태도로는 영원히 흙먼지 마시는
흙바닥 신세일 뿐이니까요.

제 말을 믿으세요

말만 앞세우고 리스크는
외면한 6층 님과 다르게,

사업도 게임도 실패한 그와는
다르게, 저는 보여드렸잖아요

몸을 내던질 각오가 있다면
누구든 최하층에서 최상층으로
올라설 수 있다는 거.

제가 직접 보여드렸잖아요

그러니까 믿으세요.
여러분도 할 수 있어요

믿지 않는다.

저 응원과 격려는
조금이라도 더 오래 게임을 유지하려는,
게임을 더 재미지게 오래 끌어가려는,
수작이란 걸 모르는 사람은 없을 테니.

하지만 믿고 안 믿고의 여부와는 별개로,
성공이란 것이
무한 경쟁의 승자만이
거머쥘 수 있는 트로피라면.

경쟁에 하등 도움되지 않는
동정이나 연민의 감정이
거세된 저들이야말로
어쩌면 승리에 최적화된 모델이 아닐까,

진화가, 무작위로 발현된 돌연변이가 마침 주어진
환경에 적합해 살아남게 되는 과정이라면
자본이 강력한 생존 조건이 된 이 사회에서는,

1층 님…저…
약속하신 거……

네, 물론 드려야죠
말씀만 하세요

자본 획득에 유리한 성정을 지닌 저들이
우리보다 진화한 인류인 건 아닐까, 라는 생각이,
오히려 틀렸으면 하는 이 생각이,

티슈랑 면봉이랑 드라이샴푸,
그리고…담요 은박으로 된 거.
따뜻한 걸로……

머릿속을
떠나질 않는다.

제 꿈은 언제나!
예나 지금이나 언제나!

공중파 MC가
되는 거였어요!!

앞으로의 게임 진행은
4층이 전담하기로 했다.

비록 원하던 공중파 MC 자리는 아니지만

시청자의 방통위의 담당자의 간섭도 받지 않는,
시청률만 잘 뽑으면 수입도 엄청나게 쎈,
지하파 MC직의 영광을 얻은 것이다.

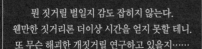

뭔 짓거릴 벌일지 감도 잡히지 않는다.
웬만한 짓거리론 더이상 시간을 얻지 못할 테니.
또 무슨 해괴한 개짓거릴 연구하고 있을지……

끼이익-

절뚝-

절뚝-

흐음······

뭐지. 또.
뭐 하러 온 거지.
또.
무슨 수작을 부리려고······

3층 님······
혹시.

'위층'에 오실
생각 있으신가요?

# 파이게임 3

초판 1쇄 발행 2024년 9월 27일

글·그림 | 배진수

펴낸이 | 김윤정
펴낸곳 | 글의온도
출판등록 | 2021년 1월 26일(제2021-000050호)
주소 | 서울시 종로구 삼봉로 81, 442호
전화 | 02-739-8950
팩스 | 02-739-8951
메일 | ondopubl@naver.com
인스타그램 | @ondopubl

Copyright ⓒ 2020. 배진수
Based on NAVER WEBTOON "파이게임"
ISBN 979-11-92005-55-3      (04810)
        979-11-92005-52-2 세트 (04810)